Tucholsky Wagner Zola Scott Syd Schlegel Freud
Turgenev Wallace Fonatne
Twain Walther von der Vogelweide Fouqué Friedrich II. von Preußen
Weber Freiligrath Frey
Kant Ernst
Fechner Weiße Rose von Fallersleben Richthofen Frommel
Fichte Hölderlin
Engels Fielding Eichendorff Tacitus Dumas
Fehrs Faber Flaubert
Eliasberg Ebner Eschenbach
Maximilian I. von Habsburg Fock Zweig
Feuerbach Eliot Vergil
Ewald London
Goethe Elisabeth von Österreich
Mendelssohn Balzac Shakespeare Dostojewski Ganghofer
Lichtenberg Rathenau Doyle Gjellerup
Trackl Stevenson Hambruch
Mommsen Tolstoi Lenz Droste-Hülshoff
Thoma Hanrieder
Dach Verne von Arnim Hägele Hauff Humboldt
Reuter Hagen Hauptmann Gautier
Karrillon Rousseau
Garschin Baudelaire
Damaschke Defoe Hebbel
Descartes Hegel Kussmaul Herder
Wolfram von Eschenbach Schopenhauer Rilke George
Bronner Darwin Dickens Grimm Jerome
Melville Bebel Proust
Campe Horváth Aristoteles Voltaire Federer
Bismarck Vigny Barlach Heine Herodot
Gengenbach
Storm Casanova Tersteegen Grillparzer Georgy
Chamberlain Lessing Langbein Gilm Gryphius
Brentano Lafontaine
Strachwitz Claudius Schiller Kralik Iffland Sokrates
Schilling
Katharina II. von Rußland Bellamy Raabe Gibbon Tschechow
Gerstäcker
Löns Hesse Hoffmann Gogol Wilde Vulpius
Luther Heym Hofmannsthal Morgenstern Gleim
Klee Hölty Goedicke
Roth Heyse Klopstock Kleist
Luxemburg Puschkin Homer Mörike Musil
La Roche Horaz
Machiavelli Kierkegaard Kraft Kraus
Navarra Aurel Musset
Nestroy Marie de France Lamprecht Kind Kirchhoff Hugo Moltke
Laotse Ipsen Liebknecht
Nietzsche Nansen
Marx Ringelnatz
von Ossietzky Lassalle Gorki Klett Leibniz
May vom Stein Lawrence Irving
Petalozzi Knigge
Platon Kafka
Sachs Pückler Michelangelo Kock
Poe Liebermann
de Sade Praetorius Mistral Zetkin Korolenko

Der Verlag tredition aus Hamburg veröffentlicht in der Reihe **TREDITION CLASSICS** Werke aus mehr als zwei Jahrtausenden. Diese waren zu einem Großteil vergriffen oder nur noch antiquarisch erhältlich.

Symbolfigur für **TREDITION CLASSICS** ist Johannes Gutenberg (1400 — 1468), der Erfinder des Buchdrucks mit Metalllettern und der Druckerpresse.

Mit der Buchreihe **TREDITION CLASSICS** verfolgt tredition das Ziel, tausende Klassiker der Weltliteratur verschiedener Sprachen wieder als gedruckte Bücher aufzulegen – und das weltweit!

Die Buchreihe dient zur Bewahrung der Literatur und Förderung der Kultur. Sie trägt so dazu bei, dass viele tausend Werke nicht in Vergessenheit geraten.

Eulenpfingsten

Wilhelm Raabe

Impressum

Autor: Wilhelm Raabe
Umschlagkonzept: toepferschumann, Berlin

Verlag: tredition GmbH, Hamburg
ISBN: 978-3-8424-1062-6
Printed in Germany

Erstes Kapitel

De dag was schöne, dat weder klar, und die Frankfurter Glocken, die am 22. Mai 1858 das Pfingstfest einläuteten, läuteten harmonisch in den entstandenen Wirrwarr, von dem wir erzählen wollen, hinein. Die Sonne hatte den ganzen Tag geschienen und ging sehr schön unter über Frankfurt am Main. Wenn sie es sonst recht wohl versteht, ihre Schleppe mit einem Griff zusammenzuraffen und rasch über den Horizont hinüberzutreten, so ging sie diesmal in vornehmer, lächelnder Ruhe, und der rote Saum ihres Gewandes schleifte lang durch den Abend nach. Die Stadt hatte vollkommen Zeit, letzte Hand an ihren Putz für den morgenden Tag zu legen, und tat es mit Eifer im Innern wie im Äußern.

Ein Personenzug der Main-Weser-Bahn hatte den Main-Weser-Bahnhof gerade beim Ausklingen des Vigiliengeläutes erreicht, und die Tante Lina Nebelung war ausgestiegen und war richtig von Käthchen Nebelung, der Nichte, sofort »der Beschreibung nach« erkannt worden.

Der Legationsrat hatte die Tante dem Töchterlein diplomatisch genau und zwar sehr häufig abgemalt. »Ich habe sie seit zwanzig Jahren nicht gesehen,« sagte der Bruder Legationsrat, »aber sie hat sich nicht verändert, sie kann sich nicht verändert haben; es liegt nicht in ihrem Charakter, in ihrer Natur; ich kenne sie darin.« Darauf war dann jedesmal die allergenaueste Personalbeschreibung der Tante, wie sie vor zwanzig Jahren war, gefolgt, und zu allem übrigen trug Käthchen Nebelung auch noch zwei vor einem halben Jahre aus Neuyork gesandte Photographien der guten Dame (ein Brustbild und ein Bild in ganzer Figur) in der Tasche. Daß aber der Papa nicht mit zum Bahnhof ging, sondern es dem Kinde allein überließ, die ankommende Verwandte aus dem Gewühl herauszufinden, das eben hatten die Furien, die Erinnyen gewollt. Das war der Spaß, den sie sich zu Pfingsten machten.

Mit roten verweinten Augen und zuckenden Lippen, verstört, ärgerlich und voll Angst, an die Unrechte zu geraten, stand Fräulein Katharina Nebelung im Getümmel, ihre beiden photographischen Kabinettstücke nebst dem tränenfeuchten Taschentuche in der Hand.

»Es ist zu abscheulich!« hatte sie gesagt, und dann war der Zug herangeschnoben und hatte ausächzend seine Insassen von sich gegeben. Arg war das junge Mädchen hin und her geschoben worden; es war fast zu arg gewesen, und die Leute waren doch eigentlich zu rücksichtslos; aber als der Schwarm sich so ziemlich verlaufen hatte, hatte das Kind schüchtern vor einer stattlichen, länglichen, in ein graues Reisekostüm gekleideten und etwas verwundert, verschnupft um sich blickenden Dame geknixt und – immer ihre Photographien in der Hand – dem hellen Weinen nahe, gestottert:

»Gnädige Frau – Fräulein – liebe Tan – vielleicht bin ich Käthchen, – Käthchen Nebelung!«

»Wa – was? Bist du vielleicht Käthchen? Meine Nichte Katharina Nebelung?«

»Ja, liebe Tante – o Gott sei Dank!« hauchte das junge Mädchen.

»Also du bist es«, sagte die Deutsch-Amerikanerin, klopfte auf die kleine Hand, die krampfhafter denn je die zwei Photographien hielt, aber jetzt schnell mit ihnen in die Tasche fuhr – neigte sich, gab der Deutsch-Frankfurterin einen ruhigen Kuß und sprach:

»Aber ich wundere mich doch! Du allein? Ohne deinen Vater? Ist dein Vater nicht zugegen? Weshalb ist dein Vater nicht zugegen?«

Das war die Frage! Und der Leser wird sie mit der Tante wiederholen. Was uns anbetrifft, so fragen wir nicht nur wo? Sondern auch wer? Nicht nur, wo ist dein Vater, sondern auch wer ist dein Vater, – dieser Herr Legationsrat von Nebelung, kleines Käthchen? Damit sind wir drin, – im Hader, Verdruß und Unfrieden mit aller Welt, wie der alte Biedermann es sich und uns und vor allen Dingen der Tante recht hübsch zugerichtet hat.

Man hat sich an die Stirn zu greifen, wenn man es sich genauer überlegen will, wie rasch der Adler zur Sonne und wie langsam das Faultier in den Gipfel des Baumes emporsteigt: der Karriere des

Rats Nebelung wegen brauchte sich jedoch niemand an den Kopf zu fassen. Der Mann hatte Jurisprudenz studiert, hatte sich das Wohlwollen und Zutrauen seiner Vorgesetzten erworben und war nach Frankfurt gekommen als Sekretarius des Gesandten für – für – beim Ruder des Charon, es ist uns augenblicklich nicht möglich, uns auf den Namen des Staates zu besinnen, den dieser Gesandte damals vertrat am durchlauchtigsten deutschen Bundestage! Beide sind seit Jahren hinübergegangen, der Gesandte wie der Staat; daß der Herr Sekretär Nebelung mit dem letzten Exemplar des Landensordens, dem daran haftenden persönlichen Adel und dem Titel Legationsrat noch übrig ist, das eben ist unser ganz spezielles Glück. Wir haben gottlob! schon öfters dergleichen Venuswürfe zu verzeichnen gehabt.

Es war mehreres, was den Legationsrat bewog, in Frankfurt am Main zu verbleiben, nachdem er daselbst überflüssig geworden war.

Erstens, natürlich das Aussterben des angestammten Fürstenhauses selber. Was war das Vaterland ohne den Vater desselben? Nichts! – Gründlicher wie dem Rat Alexius von Nebelung durch das höchstselige Abscheiden Alexius des Dreizehnten war selten einem Staatsangehörigen der Boden der Heimat unter den Füßen weggezogen worden.

Zweitens, seine Verheiratung mit der Witwe eines Frankfurters (die Dame selbst war keine Frankfurterin), die gleichfalls keinen Gefallen an Nullmalnullburg fand und seltsamerweise an ihren von dort her angeheirateten Verwandten noch weniger als keinen.

Drittens, die Geburt seiner Tochter, die vom ersten Aufblick an sich auf den Standpunkt ihrer Mutter stellte und nach dem Tode derselben diesen Standpunkt festhielt.

Viertens, eben der Tod seiner Frau.

Fünftens, seine angenehme Wohnung auf der Hanauer Landstraße.

Sechstens, sein Freund und Nachbar auf der Hanauer Landstraße, Herr Florens Nürrenberg, und:

Siebentens, er selber, Legationsrat Alex von Nebelung, ohne daß wir uns hier eines Pleonasmus oder einer Tautologie schuldig machen. Wem übrigens daran gelegen ist, die sonstigen sechs Taufnamen unseres Gönners zu erfahren, der mag selber im Kirchenbuche zu 0x0burg nachschlagen.

Es ist immer unser Bestreben, so kurz als möglich zu sein, und das Längere und Breitere über uns kommen zu lassen, aber nicht es faul an uns heranzuziehen. Wir könnten nun ganz wohl eben aufgeführte sieben Punkte durch *A A*, *a a*, *B B*, *b b* usw. ins Unendliche zerlegen, tun's aber nicht, sondern wenden uns zum Freunde unseres Freundes und Gönners und sagen einiges über den Herrn Kommerzienrat Florens Nürrenberg, den Nachbar des Herrn Legationsrats.

Einiges? Das Wort reicht doch nicht aus einem Manne gegenüber, den der letzte Doge von Venedig, nein, der letzte reichsunmittelbare Bürgermeister der weiland freien Reichsstadt Rottweil am Neckar aus der Taufe gehoben hatte. Das war im Jahre 1800 geschehen, und der Vater des Täuflings war Präsident des kaiserlichen Hofgerichts und aus Sachsenhausen gebürtig. Nach Sachsenhausen verzog er denn auch wieder mit seiner Familie, nachdem der dicke erste württembergische König Friedrich auch Rottweil verschluckt hatte, und das kaiserliche Hofgericht daselbst ebenso überflüssig geworden war, wie der Legationsrat von Nebelung einige vierzig Jahre später zu Frankfurt am Main.

Ob der kaiserliche Rat Herr Elardus Nürrenberg als ein vermöglicher Mann von Rottweil nach Sachsenhausen ging, können wir nicht sagen; allein sehr vieles deutet darauf hin, daß er seine Schäflein am Hofgericht nicht ohne Verständnis geschoren habe. Sein Sohn Florens saß jedenfalls Ende der Fünfziger Jahre in der Hanauer Straße in der Wolle, als ein Mann in den besten Jahren, Darmstädtischer Kommerzienrat, gleichfalls Witwer und als der Vater eines Sohnes, der wiederum Elard hieß und sich in den noch besseren Jahren des menschlichen Lebens befand. Bis zum Jahr 1850 hatte es sich Herr Florens zu Höchst als ein berühmter Tabaksfabrikant sauer werden lassen; aber nachher – konnte er's, und beim Beginn unserer Geschichte konnte er's immer noch. Er bewohnte mit seinem Sohn (NB. wenn derselbe in den Ferien daheim war) und seiner Haushälterin, der Frau Drißler, sein eignes Haus mit Garten in der Hanauer Landstraße; der Rat Nebelung gegenüber wohnte zur Miete, jedoch als eine stille Familie bereits seit fünfzehn Jahren in dem selben Hause und Stockwerk; ja, er war sogar während dieser Zeit zweimal mit dem Grundstück verkauft worden, und der neue Besitzer hatte ihn wie das Käthchen stets gern mit in den Handel genommen.

Der jüngere Elard hatte auf verschiedenen Universitäten Philologie studiert und hatte Italien und Griechenland mit Nutzen gesehen. Er war Professor der Ästhetik zu Heidelberg und augenblicklich in den Pfingstferien zu Hause. Sachverständige behaupteten, daß er zu den schönsten gelehrten Hoffnungen des deutschen Vaterlandes gehöre, und – wir dürfen es gleich sagen – Fräulein Käthchen Nebelung teilte diese Hoffnungen des Vaterlandes; – schnöde Kritiker werden das wohl den ganz gewöhnlichen Romanapparat nennen.

Außer seinem Professor besaß der Kommerzienrat Nürrenberg eine der größten Sammlungen gläserner Pokale zu Frankfurt am Main. Seine Kakteenzucht war weit berühmt, und es existiert natürlich auch ein ganz neuer Cactus Florens Nürrenberg. Mit seinem diplomatischen Nachbar war der vergnügliche Patrizius politisch einig. Beide bedauerten eine untergegangene schönere Welt, der Kommerzienrat jedoch mit einem höchst willkommenen Behagen an der Gegenwart. Um einen Hausfrauenausdruck zu gebrauchen, waren ihm drei Fingerspitzen Reize der Vergangenheit vollständig genügend, um dem augenblicklich vorhandenen Tage den nötigen Haut-gout zu verleihen. Der Legationsrat brauchte mehr; und damit werfen wir uns wieder in die volle Gegenwart und kehren zurück zum Main-Weser-Bahnhof, wo wir die Tante Lina und das aufgeregte Käthchen, wenn auch notgedrungen, so doch sehr ungern nach der ersten flüchtigen Begrüßung verlassen haben. Es ist die höchste Zeit.

Zweites Kapitel

»Das ist mir eine schöne Geschichte!« rief die Tante Nebelung. »Man kann ein Jahrhundert von der Heimat abwesend sein, und man findet sich nach der Rückkehr sofort wieder in dem alten Spuk. Ich hätte es mir gleich denken können. Na, ein Gutes hat es doch: da behält man eben seinen mühsam errungenen Gleichmut und verschiebt seine Rührung auf eine unbestimmte passendere Gelegenheit. Go ahead, also sie haben sich in den Haaren gelegen?«

»O ganz grimmig! Ganz schrecklich müssen sie sich gezankt haben! Elard – ich meine der Herr Professor Nürrenberg, kam atemlos, und dann war ich so ärgerlich – deinetwegen, beste Tante; und da sagte ich ihm meine Meinung über seinen Papa; und dann stürzte er wieder fort, meinem Papa nach, und die Droschke kam, und ich mußte außer mir einsteigen und hierher fahren. Und hier bin ich, und was für eine Angst ich ausgestanden habe, dich nicht zu erkennen und dich zu verfehlen, Tante Lina, das kann ich gar nicht mit Worten ausdrücken. Was wirst du von uns denken? und wir hatten doch alles getan, um deinen Empfang so festlich als möglich zu machen!«

»Hm,« sagte die Tante, »beruhige dich, mein Kind; ich kenne meine Familie, und solange ich denken kann, sind unsere Familienfeste immer in dieser Art ausgefallen. Guten Willen haben wir stets gehab, leider genügt derselbe nur nicht, um sich das Leben angenehm zu machen in dieser schlechten Welt, und so bin ich denn nicht ohne meine Gründe in die Fremde und nach Amerika gegangen. Und jetzt komm, mein Kind; jetzt wollen wir nach Hause fahren und uns eure Vorbereitungen in der Nähe ansehen.«

Damit bestiegen beide Damen das Fuhrwerk, das sie nach der Hanauer Landstraße führen sollte, und sie fuhren ab vom Main-Weser-Bahnhof durch das Gallustor, den Fluß entlang und dann über die Promenade nordwärts zum Allerheiligentor; aber am Metzgertor rief Käthchen:

»O Gott, da rennt ja der Papa! Lieber Himmel, er rennt – er rennt nach Sachsenhausen hinüber!«

»Wo?« fragte die Tante, sich aus dem Fenster biegend.

»Dort – dort über die Brücke! Halt, Kutscher – o Tante, laß uns halten, wir holen ihn noch ein und nehmen ihn wieder mit uns um!«

»Nein!« sprach die Tante Lina Nebelung mit Nachdruck. »Da er es einmal so gewollt hat, so nehmen wir ihn nicht mit uns, sondern lassen ihn laufen. Es liegt so in unserer Familie; fahr zu, Kutscher; – er wird wohl seinerzeit von selber umkehren. O Kathy, du kennst unsere Familie doch noch nicht so lange als ich.«

Sie saß bei diesen Worten sehr aufrecht, während das Käthchen nunmehr in vollständiger Verzweiflung sich zurückwarf und das Gesicht mit dem Taschentuch bedeckte. Letzteres ahmte die Tante auf der schönen Aussicht mit beiden Händen memnonsbildartig nach und ließ erst am Obermaintor die Decke wieder sinken. Da kam dann ein verzwickt-komisch Gesicht zum Vorschein, und Fräulein Karoline Nebelung sprach:

»Du, jetzt guck nur auch vergnügt auf. Will der Alex Eulenpfingsten feiern, so tanzen wir beide doch um die Maje. Also von eurem Herrn Nachbar brachte mein guter Bruder diese liebliche Stimmung mit herüber?«

»Ja wohl! Sie pflegen immer an solchen schönen Tagen wie dieser im Garten des Herrn Kommerzienrats in der Laube eine Pfeife zum Kaffee zu rauchen, d.h. der Papa schnupft nur; und seit ich mich besinnen kann, ist das so gewesen! Da sagt der Papa: ‚Ich gehe noch ein Stündchen hinüber, aber zur rechten Zeit bin ich wieder da, und dann holen wir das Tantchen; nimm dich nur zusammen, Käthchen, daß wir es ihr recht behaglich bei uns machen, es ist unsere Pflicht und Schuldigkeit!' – Nun hatte der Nachbar Nürrenberg schon am Morgen ganze Körbe voll Blumen geschickt; alle Vasen sind gefüllt, und es ist ganz ein Garten bei uns. Ich hatte mir eben die letzten Schleifen zurecht gezogen und saß vor dem Klavier, um mein Herzklopfen zu verklimpern – da geschah das Schreckliche. Plötzlich stürzt der Papa in die Tür wie ein Untier, schlägt sich vor die Stirn, trampelt mit den Füßen und lacht dazwischen wie ein Bösewicht auf dem Theater. Ich sitze bleich und erstarrt und wage es nicht, ihn anzureden, und als ich ihn doch anrede, schreit er: ‚Alles hat ein Ende, selbst meine Geduld; – o dies sich sagen, sich bieten lassen zu müssen, – von solch einem Schneebergerschnupftabaksgroßhändler; – sieh aus dem Fenster, Käthchen, – siehst du was?' – Ich war zitternd aufgesprungen und sah aus dem Fenster. ‚Siehst du was?' ruft der Papa außer sich. – ‚Nein, o nein; was soll ich denn sehen?' stottere ich. ‚Einen Abgrund, – den Abgrund, der sich da aufgetan hat; es ist zu Ende mit der Freundschaft, der Bekanntschaft, – für ewige Zeiten zu Ende!' – Einen Abgrund sah ich nicht in der Hanauer Landstraße, aber jetzt stand Elard – der Herr Professor Nürrenberg, in der Gittertür und sah auch verstört nach unserem Balkon hinüber, und als er mich erblickte, erhob er die Schultern und Arme und ließ dann die ausgebreiteten Hände sinken. Er sieht sonst so geistreich aus, und nun wurde seines Aussehens wegen mein Schrecken noch um vieles größer, und ich faßte den Papa am Arm und rief: ‚Papa, o Papa, was ist vorgefallen?' – ‚Nichts!' schnarrt der – ‚Alles!' fügt er hinzu als einzige Erläuterung. Und da springt er herum und schreit: ‚Luft! Luft! – die Pfingstweide!' und er schien das heftigste Fieber zu haben. Er fand seinen Hut und seinen Stock und wollte aus der Tür; ich aber faßte ihn jetzt weinend fester und hielt ihn und schluchzte: ‚Aber, Papa, wir müssen ja nach der Eisenbahn, – du willst doch jetzt nicht nach der Pfingstweide?! Sieh mich nicht so an, liebster, bester Papa; sage mir ruhig, was geschehen ist!' – Da sah er mich aber doch so an, aber gottlob! kannte er mich wenigstens noch, und da murmelte er: ‚Ja richtig, die Tante … auch das noch! In einer Stunde und zwanzig Minuten wird sie nach zwanzigjähriger Abwesenheit anlangen, – nein, es geht nicht, es ist nicht möglich, ich muß mir Fassung, Ruhe laufen! Kind, fahre voraus nach dem Bahnhof, ich komme dir nach!' – Damit war er aus der Tür, und ich hörte ihn die Treppe hinabstürzen, o Gott, und unser Hausarzt wohnt in der Großen Bockenheimer Gasse! – Tante, Tante, du hast eben selber gesehen, wie er uns nachgekommen ist; – über die Brücke ist er, nach Sachsenhausen ist er hinüber, und hier fahren wir am Recheneygraben! Wir hatten uns so sehr auf dich gefreut; aber gewiß, gewiß hat er ein Gehirnfieber, und der Nachbar, der Herr Kommerzienrat, ist schuld daran; – ich habe das Elard auch scharf genug gesagt, als der nun auch noch kam und mir seine Unschuld dartun wollte. O ich habe ihn nicht zum Worte kommen lassen. So voll Angst und Zorn und Verzweiflung bin ich in meinem ganzen Leben noch nicht gewesen, und wie ich zu der Überlegung kam, daß ich die beiden Photographien mit nach dem Bahnhof nahm, das weiß ich nicht, das war ein Erbarmen des Himmels, und der hat sie mir in die Hand gedrückt und mitgegeben.«

In Norddeutschland hat man für ein derartiges Erzählen oder Berichten das wenn nicht hübsche, so doch ziemlich bezeichnende Klangwort rawweln; und heiter ließ die Tante Lina das Käthchen sich ausrawweln. Daß die Frankfurter Droschke nicht auf Gummirädern lief, war sicher; aber es war nicht einzig das Stoßen des Wagens, welches den Oberkörper der Tante so häufig in eine zuckende Bewegung brachte; beim Umbiegen in die Hanauer Straße jedoch setzte sie sich plötzlich fest hin und erkundigte sich erschreckend jach, wer denn dieser oft genannte Herr Elard eigentlich sei. Und Käthchen Nebelung, ihrerseits plötzlich angestrengt aus dem Wagenfenster sehend, gab die erwünschte Auskunft, wenngleich in etwas unbestimmter und stockender Weise:

»O, *nur* der Sohn des Herrn Kommerzienrates, der Herr Professor Nürrenberg. Weißt du, sonst auch ein guter Freund meines Papa. Er wohnt uns auch gegenüber, das heißt, jetzt wohnt er in Heidelberg und hält Vorlesungen, und wir kennen uns ganz gut seit langen, langen Jahren.«

»So?! … Nur – und: seit langen, langen Jahren«, sagte die Tante lächelnd, und dann hielt die Droschke.

»Hier wohnen wir denn, und dort drüben wohnt der Herr Kommerzienrat«, seufzte Käthchen. »O lieber Himmel, wie ist mir diese schöne Stunde verdorben worden.«

»Recht nett«, sagte die Tante, und es war zweifelhaft, ob sich das Wort auf den ersten Satz der Nichte – die Benachrichtigung, oder auf den zweiten – den Stoßseufzer bezog. Sie stieg elastisch aus, und ihr Handgepäck wurde ins Haus geschafft (das übrige kam nach). Auf der Schwelle blickte die Deutsch-Amerikanerin noch einmal durch die Lorgnette nach dem gegenüberliegenden feindlichen Lager, und dann küßte sie die Nichte und sprach tröstend:

»Nun trockne dir die Tränen ab, Kind; ich heule auch nicht.«

»Ja, du auch! Du kannst wohl lachen!«

»Das ist richtig,« sagte die Tante, »als ich so jung war wie du, wurde ich mir auch häufig genug selber interessanter durch die hydrodynamischen Erscheinungen meiner Natur; aber jetzt bin ich Lehrerin der Physik und der Physiologie am Vassor College im Staate Neuyork gewesen und habe mir manchen Wind zu Wasser und zu Lande um die Nase wehen lassen. Was ist die Träne? Eine serös-schleimige Feuchtigkeit, wenig spezifisch schwerer als Wasser, und enthält viel Soda in reinem kochsalzsaurem, kohlensaurem und phosphorsaurem Zustande.«

»Gütiger Gott, Tantchen?!« stammelte Käthchen Nebelung, den Mund zierlich offen behaltend; doch ruhig schloß Fräulein Karoline Nebelung:

»Kurz, ich kenne die Welt, habe das Meinige drin erlebt und kenne deinen Papa, meinen lieben Bruder, gleichfalls. Sonst aber ist es mir seit meiner Abreise vom Vaterhause dann und wann gegeben worden, hier und da Ordnung zu stiften, und ich werde auch hier Ordnung zu stiften wissen. Laß ihn nur nach Hause kommen!«.

Sie stiegen nunmehr in die kühle, angenehme Wohnung des Herrn Rates hinauf, und sofort trat Tante Lina, auf deren Stirn jetzt das Abendrot wirklich in sehr ernstem Sinne glühte, auf den Balkon, warf einen prüfenden Blick nach rechts und links in die Hanauer Landstraße und auf das zierliche Haus hinter dem niedrigen eisernen Gitter gegenüber. Es interessierte sie doch sehr.

Über das Gitter wuchs und hing dichtes maigrünes Gebüsch, und hinter dem Busch stand der Nachbar Nürrenberg im langen grünen Schlafrock und hatte die erloschene Pfeife an den Strauch gelehnt. Gespannt vigilierte er seit dem Vorfahren der Droschke auf die Fenster des Nachbars Nebelung. Jetzo erblickte er die Tante auf dem Balkon und sah, wie sie sich graziös über die Balustrade beugte.

»Da ist sie also!« murmelte er, und hastig tief in die Tasche seines Schlafrocks greifend, riß er ein Opernglas hervor und starrte auch da hindurch.

»Hm,« sagte er, »eine gediegene, eine würdige Persönlichkeit. Gut gearbeitetes Deckblatt. Ei, ei, hm, hm, es ist mir doch unangenehm, daß diese Meinungsverschiedenheit gerade heute zutage treten mußte. Und was konnte ich dafür? Nun, zum Teufel, hätte der leidige Satan nicht bereits die ganze Dynastie geholt, so würde ich sie ihm in diesem Moment zu schleuniger Berücksichtigung anempfehlen.«

In eben diesem Moment wendete sich die Tante Nebelung und trat durch die Balkontür in den Salon zurück.

»Hm!« wiederholte Herr Florens Nürrenberg hinter seinem Operngucker. Die Tante gefiel ihm auch von der Rückseite, und sie machte also in jeder Hinsicht einen sehr vorteilhaften Eindruck auf ihn.

Drittes Kapitel

Daß wir diesmal, wie es sich gehört, dem Strich nach erzählen, kann niemand verlangen. Ganz und gar Ephemeron fährt die Geschichte auf dem Wasserspiegel unter den überhängenden Weiden hin und wider und kreuzt sechsmal, ehe du sechs zählst, die eben hingezuckte Bahn.

Sie – der Legationsrat und der Kommerzienrat – hatten den süßesten Frühlingstag oder Frühsommertag, und zwar nachdem sie beide, der eine mit dem guten Sohn, der andere mit der lieben Tochter, behaglich zu Mittage gespeist und friedlich ihre Siesta gehalten hatten, dazu benutzt, sich in der Tat gründlich zu überwerfen.

Seien wir nun auch gründlich und berichten wir: warum!

Wir wissen bereits durch das Töchterlein, daß der Rat Nebelung nicht rauchte, sondern nur schnupfte, und letzteres harmlose Vergnügen hatten die Götter gleich benutzt (wie nachher deutlich wurde), um darzutun, daß sie Tücke im Sinne führten. Beim Eintritt in den Garten hatte der Legationsrat dem Nachbar und Freunde die goldene Dose, ein Geschenk seines höchstseligen Landesherrn, dargeboten, und Herr Florens Nürrenberg hatte behaglich den Daumen und Zeigefinger eingetaucht und – seinen Lehrjahren bei Bolongaro in Höchst sowie seinem gesamten eigenen Geschäftsbetrieb zum Trotz – sofort nach dem Genuß dreimal genießt.

»I, was ist denn *das*?« fragte er denn auch einigermaßen erstaunt, und er hatte recht, zu fragen: was sonst nur ein günstiges Zeichen der Götter sein soll, bleibt einem Tabaksfabrikanten gegenüber jedenfalls zweifelhaft und erwies sich diesmal als ein finsteres, unheilvordeutendes Omen.

Nach der gewohnten Begrüßung hatten die beiden würdigen Herren in gewohnter Weise ihren Inspektionsgang durch das Gärtchen angetreten, und der Kommerzienrat hatte mit der Pfeifenspitze wie der Hand selbst auf die kleineren Einzelheiten der in der Nacht vorgefallenen Veränderungen in der Vegetation aufmerksam gemacht. Der Legationsrat hatte als ein teilnehmender Dilettant über alles seine Meinung freundschaftlich abgegeben, und nach einem Einblick in das Kakteendepartement hatten die beiden Nachbarn ihre festbestimmten Plätze in der Laube eingenommen. Es gab gar nichts Behaglicheres als ihre Stimmung in diesen Augenblicken.

Von drüben herüber jubelte Käthchens Stimme und Piano in den blauen Maienhimmel hinein; und der Professor der Ästhetik, Herr Elard Nürrenberg, am offenen Fenster seines auf den Garten sehenden Schüler- und Junggesellen-Stübchens liegend, hatte nimmer in seinen Ferien himmelblauere Minuten genossen. Auf seinem Tische hinter ihm lag in des Frankfurter Poeten Wolfgang Goethes Liederbuche Alexis und Dora aufgeschlagen, und nach vorn hinaus durch das Weinlaub vor seinem Fenster blinzelte der Professor durch das halbgeschlossene Auge und sagte: »Es ist zu herzig!«

Das war es, und die Tante Lina wurde noch obendrein erwartet, und auch Herr Florens und der junge Doktor freuten sich auf die Tante. Die beiden Räte in der grünen Laube waren eben bei der Tante angelangt und bei den Blumen, die der Kommerzienrat geschickt hatte, und bei dem Monstre-Papierbogen mit dem Worte Willkommen, den der Legationsrat über die Tür genagelt hatte. Kein Wölkchen am Himmel, und morgen - Pfingsten! - morgen, Pfingsten, das Fest der Freude! - - Ja, Eulenpfingsten! - - - - Hätte Satan, der Fürst der Finsternis, ein Herz gehabt, er würde es trotz aller seiner Bosheit nicht darüber gebracht haben, jetzt seine Krallen durch den Jasmin zu strecken, die beiden guten Papas bei dem ergrauten Haarwuchs zu fassen und sie mit den Stirnen gegeneinander zu stoßen.

Die Hölle hat kein Herz! Das ist es ja eben, was wir ihren Fehler nennen, was sie selber aber schnöderweise ihren Vorzug zu nennen beliebt. Und wenn wir eben dem Teufel seine alte Bezeichnung wiedergegeben haben, wenn wir ihn den Fürsten der Finsternis nannten, so widerrufen wir das Wort feierlichst. Es ist nicht wahr, daß die Nacht, die Finsternis, vorzugsweise das Reich des Bösen ist; im Gegenteil, es macht ihm gerade ein Hauptvergnügen, den schönen, hellen, lichten, sonnigen Tag zu seinen schlimmen Werken zu benutzen. Wenn die Sonne scheint, wenn die knospende Rose unter ihrem Strahl den Schoß zu öffnen willens ist, wenn die Lerche über dir singt, wenn du die Flasche Asmannshäuser der Kühlung wegen im dunkelsten Schatten des Buchengebüsches verbirgst, - wenn du, holde Braut, den Schein des prächtigsten aller Fixsterne in dem seligen Tropfen, der sich an der Wimper des Geliebten sammelt (die Tante Nebelung würde sich freilich anders ausdrücken), sich widerspiegeln sieht: dann – dann gerade ist die richtige Zeit für old iniquity: dann ist die Zeit, wo der seltene gewitzigte Mensch der Schönheit und Lieblichkeit der Welt um ihn her am wenigsten traut.

»Ich traue dem Dinge nicht so recht«, sagt der gewitzigte Mensch, und diese Redensart, die er wahrlich nicht aus sich selber hat, stammt nicht aus der dunklen Nacht, sondern von dem hellen Tag her. Der alte Feind weiß es nur allzu gut, wann er sich am nachdrücklichsten ein Vergnügen mit den Erdbewohnern machen und seine Späße am boshaftesten in Szene setzen kann.

Was war es denn gewesen, was den beiden guten alten Herren die Laune in dieser gemütlichen Stunde verdorben hatte?

Nichts! Ein Nichts! Ein Garnichts! Der Schatten eines Gespenstes – Seine höchstselige Hoheit Alexius der Dreizehnte. Aber wenn derselbe sich als der dreizehnte Gast höchsttrübseligst an einer festlich geschmückten Hochzeitstafel niedergelassen haben würde, so hätte sein Erscheinen da keine verstimmendere Wirkung haben können als hier in der Jasminlaube, wo man zu drei sich befand.

Er war in die Laube eingetreten, und zwar in his nightgowne, d.h. nicht in der Uniform seines Leibbataillons, sondern im schwarzen Frack, den Zylinderhut in der Hand und den Großkordon seines Hausordens samt dem Stern über der Brust: der Kommerzienrat Nürrenberg aber hatte unter dem Einblasen des bösen Genius der Stunde, und wahrscheinlich ohne es selber zu wissen, einen schlechten Witz über ihn gemacht, und die Hölle hatte gelacht über diesen Witz. So war es! Das war es gewesen; und wir sind fest überzeugt, daß dem gutmütigen verstorbenen Fürsten die Sache selber sehr leid getan haben würde, wenn er in der Gruft seiner Ahnen eine Ahnung davon gehabt hätte.

Eine von Feldwachtdienstübung heimkehrende und durch die Hanauer Landstraße dem Allerheiligentor zu marschierende Abteilung preußischen Fußvolks hatte Anlaß gegeben, daß sich die Unterhaltung der beiden Nachbarn in rem militarem wendete. Die Querpfeifen und Trommeln der blauen Füsiliere hatten mit kriegerischem Schall den Beginn des Krakehls begleitet.

Von den Pickelhauben war man auf die Soldateska der guten alten Zeit mit dem Zopf und den Klebelocken geraten; vom Jahre 1858 und der Schlacht bei Bronzell auf das Jahr 1757 und die Schlacht bei Roßbach; von der freien Stadt Frankfurt auf die olim freie Stadt Rottweil, und von dem Senat und Volk von Rottweil auf seine Hoheit den Fürsten Alex den Dreizehnten. Daß aber der Legationsrat Herr Alex von Nebelung es im Grunde gewesen war, der den abgeschiedenen Souverän heraufbeschwor, machte ihn nachher um so jähzorniger und grimmiger.

Vom Abt zu Gengenbach, der den Leutnant zum zweiten schwäbischen Kreisregiment zu stellen hatte, und der Äbtissin von Rottmünster, die den Fähnrich lieferte, war es natürlich nur ein Schritt zur freien Stadt Rottweil, die den Oberleutnant anschaffte, gewesen. Der Legationsrat aber hatte einen guten Witz zu machen geglaubt, als er mit seinem diplomatisch feinsten Lächeln den Freund Kommerzienrat in der Person jenes Oberleutnants für alles verantwortlich machte, was dem niedergehenden heiligen römischen Reiche bis zum Jahre 1803 Komisches und Tragisches begegnet war. Himmlische Pfingsten! Die augenblicklich Station Bonames passierende Tante Lina konnte keine Ahnung davon haben, was für ein Empfangsvergnügen ihr der Abt von Gengenbach, die Äbtissin von Rottmünster, die Stadt Rottweil und der Fürst Alexius der Dreizehnte in der Hanauer Landstraße zusammenquirlten!

Nach dem guten Witz des Legationsrates war der schlechte des Kommerzienrates wie der Schwefelgestank nach dem Verpuffen des Schwärmers gekommen, und Fräulein Käthchen Nebelung hatte auch, wie wir wissen, keine Ahnung von dem, was unter dem Jasmin vorging, obgleich sie eine Sammlung der schönsten deutschen Volkslieder auf ihrem Nähtischchen liegen hatte und vor ihrem Piano sang:

>>Was soll ich dir klagen,
Herztausender Schatz?
Wir beide müssen scheiden
und finden keinen Platz.

Aber:

»Alle Teufel, was haben denn die beiden Alten?« fragte jetzt mit einem Male der Professor der Ästhetik, in seinem weiland Schülerstübchen über Alexis und Dora aufhorchend.

> »Geh, hol meinen Mantel,
> Geh, hol meinen Stock,
> Jetzt muß ich von dannen,
> Muß nehmen b'hüt Gott,«

sang Käthchen; doch wenn der Vers auch paßte, so war die süße Stimme doch zu fern, den ausgebrochenen Hader zu übertönen; sie begleitete nur leise, leise die kurz und kreischend hervorgestoßenen Meinungsäußerungen ihres Papas, sowie das dumpfer gehaltene Dreinreden des Nachbars Nürrenberg.

Näher rief es: Alexis! Das heißt, der Professor Elard klappte sein Buch aufgeschlagen mit dem Druck auf den Tisch und rief aufspringend und zum Fenster eilend:

»Bei der Erinnyen Fackel, dem Bellen der höllischen Hunde, – wahrhaftig, sie zanken sich im Ernst!«

Das Weinlaub vor seinem Fenster und das Gezweig der Laube verbarg ihm die beiden Streithähne; aber er vernahm sie freilich deutlich genug, und – eine Zigarre anzündend, zitierte er:

»Halte die Blitze zurück! Sende die schwankenden Wolken mir nach! Im nächtlichen Dunkel Treffe dein leuchtender Blitz diesen unglücklichen Mast!«

Dann stieg er die Treppe hinunter in den Garten, Drüben beendete Käthchen Nebelung ihr Volkslied:

> »Mein allerfeinst Liebchen,
> Nimm mich in deinen Schutz!
> Jetzt woll'n wir erst lieben,
> Den Leuten zum Trutz!
>
> Den Leuten zum Possen,
> Den Leuten zum Trutz:
> Ich will meinen Schatz lieben,
> Wenn mich's gleich nichts nutzt.«

Sie zankten sich wahrlich im vollen, im bittersten Ernste! Der entsetzte Elard fand die beiden Freunde in heller Wut gegeneinander aufgerichtet wie Alt-Limburg und Haus Frauenstein im Kampfe um das Recht der Verwaltung und den Stadtsäckel von Frankfurt am Main. Mit den entbrannten oder erbleichten Nasenspitzen aufeinander einbohrend, standen sie sich gegenüber am grünen Tisch und funkelten sich an mit dem uralten Giftlächeln, für welches Haus Zollern und Haus Habsburg am grünen Tisch in der Eschenheimer Gasse damals noch ebenfalls ihre Leute hatten.

»Aber lieber Vater – aber Herr Rat – bester Herr Nachbar?!« stammelte der junge Professor. »Um Gottes willen, was hat es denn gegeben? Um was handelt es sich hier?«

»Er hat meinen hochseligen Herrn einen Hering genannt!« keuchte der Legationsrat.

»Er hat das kaiserliche Hofgericht und die Stadt deiner Väter, Elard, die freie Stadt Rottweil am Neckar einen Eselstall betituliert!« rief der Kommerzienrat, um einen Grad ruhiger als sein Gegner.

»All ihr unsterblichen Götter!« ächzte Elard.

»Ja, und ich verachte ihn mit seinen Insipiditäten, ich werfe ihn zu dem Abgetanen mit seinen abgestandenen bonmots!« schrie der Legationsrat.

»Ja und ich,« grollte der Kommerzienrat, »ich – da er es denn nicht anders haben will – ich finde ihn selber lächerlich, ich finde ihn lächerlich abgeschmackt! Dummes Zeug: Ahnengruft – Orden Herings des Großen – Alexius! Da kam schon, als ich ein Bub in meines Vaters Hause war, ein ruinierter Magister aus Tuttlingen häufig zu uns, und der schon wußte es, daß sich der Pastor Corydon einen schönen Hering briet. Ist es etwa nicht so, Elard?«

Der Heidelberger Professor der Philologie und Ästhetik hob die Hände über den Kopf, doch er schlug sie auch in heller Verzweiflung über den entsetzlichen, vorsintflutlichen, den jämmerlichsten aller gelehrten Kalauer zusammen, als sein Erzeuger fortfuhr:

»Und das sind mir alles faule Heringe. Alexis, – heißt etwa nicht der Hering auf griechisch oder lateinisch Alexis; ich bitte dich, du mußt es doch wissen, Elard?«

»Mein Name und der Name meines durchlauchtigsten Herrn ist Alexis und auf deutsch: der Heilbringer, der Helfer«, sprach der Legationsrat von Nebelung, sich plötzlich den Bundespräsidialgesandten in seinem größesten Momente zum Muster nehmend; doch die erkünstelte Ruhe hielt nicht über das Wort hinaus. »Gut also!« kreischte er, aufs neue explodierend, und stürzte aus der Laube und dem Garten, seiner eigenen Wohnung zu, und war verschwunden, ehe Elard sich fassen und ihn am Rockschoß begütigend zurückhalten konnte.

Der Kommerzienrat Florens Nürrenberg setzte sich auf einen seiner Gartenstühle, legte die Hände auf die Knie und sagte gebrochen:

»Ich will selber auf der Stelle zu einem sauern Hering werden, wenn ich sagen kann, was eben hier vorgegangen ist! Elard, ich bitte dich –«

»Jawohl,« rief der gute Sohn ärgerlich und angsthaft zu gleicher Zeit, »du hast jetzt gut bitten. O Papa, Papa, kann man euch denn keinen Augenblick allein lassen?«

Da schlug der biedere, ermattete Tabaksfabrikant und Patrizius von Rottweil mit der flachen Hand auf seinen Gartentisch und ächzte:

»Mein Junge, mein brav' Büble, ich gebe mein Ehrenwort darauf: ich habe nicht angefangen. Zum Henker, es konnte eigentlich keiner was dafür. Da war der Abt von Gengenbach und die Äbtissin von Rottmünster –«

»Der leidige Satan hole euch verruchte zwei alte Zinshähne, die Äbtissin, den Abt von Gengenbach, den Herzog Alexius und die Stadt Rottweil obendrein!« schrie Elard wütend. »Das wird nun ein Pfingsten werden!« schloß er hier schluchzend und führte sich damit alle Folgen der gegenwärtigen Vorgänge eindringlichst zu Gemüte.

Drüben hatte Käthchen Nebelung das süße Lied: »Soviel Stern' am Himmel« begonnen, brach aber mitten im Satz ab; der ins Zimmer hereinfallende Papa in seinem Wutsturm würde aber auch den taktfestesten Heldensänger aus dem musikalischen Sattel gehoben

haben; – sein melodisches Töchterlein saß sofort stumm und er-
bleichte.

Viertes Kapitel

Ja: Willkommen! stand rosenumkränzt über der Vorsaaltür der Wohnung der Familie Nebelung, und unter dem freundlichen Begrüßungswort durch war der Rat in seinen kühlen Salon gehopst, sein Kind vom Flügel aufscheuchend. Wir wissen schon, was Fräulein Käthchen der Tante Lina auf der schönen Aussicht davon erzählte; aber es macht uns Vergnügen, selber noch einmal den diplomatischen Biedermann außer sich im Kreise herum rennen zu sehen.

Er lief im Kreise in dem Gemache umher, und zwar mit einem gewissen zirpenden Entrüstungsgekicher:

»He, he, hi, – Alexis – ein Hering – mein Herr und sein hochseliger Herr Vater, mein durchlauchtigster Pate – Alexius der Zwölfte – ein Hering! – Beide Heringe, und ich auch ein Hering – ein wahnsinniger Hering! Der elende Spießbürger, der nichtswürdige, unverschämte Stinkkrautkrämer!« usw. Nun war die Tochter auf den Abgrund in der Gasse aufmerksam gemacht worden, und alles übrige hatte sich in atemlosem Auskeuchen dran geschlossen.

> »Geh, hol meinen Mantel,
> Geh, hol mir meinen Stock,«

hatte das liebe Mädchen kurz vorher in süßer Unbefangenheit gesungen, und nach seinem Hut und nach seinem Stock hatte der Papa jetzt wirklich geschrien; Käthchen konnte es der Tante recht gut schildern.

Luft! Luft! Luft! Der Mann, dessen Gang und Wandel in den Gassen von Frankfurt sich der regierende Bürgermeister zum Muster genommen hatte, stürzte auf die Pfingstweide hinaus mit den Sprüngen wahrlich nicht eines wahnsinnigen Herings, sondern eines toll gewordenen Heuschrecks. Er lief auf der Pfingstweide im Kreise umher, doch besser wurde ihm nicht in der frischen Luft, die der Platz bietet. Die Aufregung trieb ihn weiter, trieb ihn zurück, trieb ihn in das Allerheiligentor, jagte ihn die Fahrgasse hinunter, jagte ihn über die Mainbrücke und durch Sachsenhausen – allen Sachsenhäusern zum Erstaunen – und durchs Affentor auf die

Landstraße, auf den Weg nach Darmstadt. Die Tante und Käthchen sahen ihn auf der Brücke; und wir – wir lassen ihn jetzt rennen in der fröhlichen Hoffnung, späterhin doch noch ein Stück Weges ruhiger mit ihm zu gehen.

»Wo will er nun hin? Was hat er vor? Was hat er meinem Kinde – ich meine seinem, gesagt?« fragte drüben hinterm Garten- und Laubengitter der Professor Nürrenberg, dem aus der Haustür springenden Nachbar nachstarrend. Der Kommerzienrat Nürrenberg saß noch immer auf seinem Stuhle; aber er erschien schlaffer zusammengesunken und jetzt, auf das lebhafte Wort des Sohnes, stöhnte er:

»Weißt du, was ich wollte, Elard?«

»Nun?«

»Ich wollte, ich hätte heute nachmittag Leibweh oder sonst dergleichen gehabt und wäre diesmal nicht in den Garten hinuntergegangen. Nachher wäre uns dieses nicht passiert.«

»Und ich wollte, das ganze Weltall bekäme das Bauchgrimmen, da es für solch ein paar hirnwütige alte – na, einerlei – Platz in sich hat!« rief der gute, aber augenblicklich etwas bewegte Sohn. Er sah dabei noch immer dem Legationsrat nach, obgleich dieser schon längst verschwunden war, im Staube der Hanauer Landstraße. Plötzlich überkam es ihn wie eine Eingebung von oben. Seinen Vater seinen Gewissensbissen überlassend, sprang er ins Haus, schon im Laufe die Joppe vom Leibe reißend. In sein Gemach fallend, fuhr er in einen anständigeren Rock und in die Stiefel. Er warf sich in beides sozusagen hinein, er hatte die volle Absicht, sich selber nicht die geringste Zeit zur Besinnung und Überlegung zu lassen. Blaue, gelbe und rote, doch zumeist lichtblaue Funken und Flammen tanzten vor seinen Augen.

»Na, Junge, – aber wohin denn?« rief der Alte aus der Laube ihm nach; doch der Junge hörte nicht, er stürzte über die Gasse, er sprang in das Haus, er stürmte die Treppe empor, er – ging zum Nachbar, oder vielmehr zur schönen Nachbarin.

»Nun sehe einer an, müßte ich ihn nun nicht auf der Stelle enterben?« sprach der Kommerzienrat Florens Nürrenberg grinsend.

»Mein Fräulein – Fräulein Käthchen! –«

»O Herr Doktor – Herr Professor – Sie? Jetzt? O, das ist gut – nein, das wollte ich nicht sagen – Herr Professor, ist das nicht entsetzlich?«

»Freilich, – gewiß, ganz gewiß ist es entsetzlich! Ein Dämon, – der nichtswürdigste aller Dämonen hat uns dies heute, gerade in dieser Stunde eingerührt. Ich bitte Sie, Fräulein Käthchen, fest überzeugt zu sein –«

»Daß Sie nichts dafür können. O, liebster Himmel, ich auch nicht –«

Wir saßen mit in der Droschke, wissen, was Fräulein Katharina Nebelung der Tante Lina über diesen Besuch mitteilte und werden wieder einmal in unserer Überzeugung gestärkt, daß den Worten der jungen Damen nicht unter allen Umständen zu trauen sei. Unter gewissen Umständen lügen sie nur zu gern; – ob sie etwas dafür können, wissen wir freilich nicht.

»Käthchen,« rief der junge Ästhetiker (er nannte das Fräulein in diesem Momente zum erstenmal auch im Wachen kurzweg beim Taufnamen), »Käthchen, wenn es ganz einfach nur zwei alte Narren wären, so könnte uns die Geschichte ganz gleichgültig sein; es sind aber zwei wirklich gute Freunde, und da bin ich Psychologe genug, um unter diesen Umständen einen ewigen Haß vorauszusehen. Der eine Bösewicht bedeutet uns sicherlich einen wochenlangen – mondenlangen Jammer; der ist imstande, uns von dieser Stunde an aus dem guten Frankfurt das richtige Verona zu machen und uns nichts übrig zu lassen, als –«

Er brach ab; aber Fräulein Käthchen Nebelung fragte kläglich:

»O Gott, Sie meinen meinen Papa?« setzte die Gedanken- und Bilderreihe des Professors der Ästhetik stumm fort, fand leider sehr viel logischen Zusammenhang darin, nahm sich jedoch fest vor, keinesfalls ihre Rettung bei dem Schlaftrunk des Paters Lorenzo zu suchen, sondern im Gegenteil so wach als möglich zu bleiben.

»Und ich muß noch dazu in einer halben Stunde nach dem Main-Weser-Bahnhof, um die Tante abzuholen. Er ist nach der Pfingstweide, und mich schickt er allein hin – und ich habe die Tante in meinem Leben nicht gesehen – und sie kommt, und die Droschke hat er schon heute morgen bestellt, – alles ist bereit; wir haben wochenlang darauf hin gearbeitet, und alles ist über den Haufen geworfen – da sollte man doch an Gott und der Welt verzweifeln!«

»Liebes Käthchen«, flüsterte der Sohn Montagues.

»O Elard!« hauchte die Tochter Capulets, und so – hatten sie es denn, wie sie es lange gern gewollt hatten, und – so ist das Schicksal! Manchmal ist es recht nett und arrangiert dergleichen Angelegenheiten auf das zuvorkommendste, wenngleich immer auf *seine* Weise. Die beiden jungen Leute hätten noch gut ein Jährchen bis in einen neuen Frühling hinein schämig und verlegen, bis über die Ohren verliebt, sinnig und so dumm wie denkbar umeinander herumgehen können, wäre nicht der Witz und der Zorn der Erzeuger dazu getreten. Aber nicht nur der Witz und die Wut der Väter, sondern ganz speziell der deutsche Fürst und Held höchstseligen Angedenkens, Alexius der Dreizehnte, der Vater eines ganzen, mit seinem Absterben vom Erdboden verschwundenen Volkes. Dieser herrliche Selige trat herzu, legte segnend den beiden Kindern die Hände auf die Häupter, fügte ihre Hände ineinander, drückte ihre Lippen gegeneinander und machte sowohl den Legationsrat von Nebelung, sowie den Kommerzienrat Nürrenberg – zu Großvätern –, letzteres selbstverständlich nach der gehörigen Zeit und unter den althergebrachten und teilweise sogar noch aus dem blinden Heidentum überlieferten geistlichen und weltlichen Zeremonien und Formalitäten.

»Sollte ich den Jungen nun nicht auf der Stelle enterben?« hatte der fröhliche Rottweiler Expatrizier wahrlich nicht ohne seine Gründe gesagt, als er den Sohn über die Hanauer Landstraße schlüpfen sah. Glücklicherweise aber kicherte er dabei, und zwar auf eine viel gemütlichere Art, als der giftigere diplomatische Nachbar in seinem Salon. Während der brave Herr Florens seine Blumentöpfe zum zweitenmal die Revue passieren ließ, kicherte er, und zwar wie jemand, der sich zwar auch an einem anderen geärgert hat, aber doch die beste Hand in diesem Ärgernis behalten hat. Er zog dabei auch den Kopf zwischen die Schultern und ging bucknackig mit seiner Gießkanne und seiner Pfeife, als ob er sich als den schlauesten unter den augenblicklich den Erdball bewohnenden

Menschen wohl zu taxieren verstehe. Nachher versank er in seiner Laube hinter der Oberpostamtszeitung und tat, als nähme er weiter keine Notiz von der Welt, – dem war jedoch nicht also. Drüben fiel noch ein Kuß, und dann sagte Käthchen schämig:

»Das ist nun gut und wäre also in Ordnung; aber die Knie zittern und das Herz bebt mir, daß ich fast umkomme. Was wird der Papa sagen, und was werde ich zu ihm sagen, wenn er nach Hause kommt?«

»Ha – ja – o!« seufzte Elardus.

»Und dann die Tante! Ich habe eine entsetzliche Angst, wie diese unbekannte Tante ausfällt. Denke dich nur in unsere Lage, wenn sie *alle* Eigenschaften unserer Familie in sich vereinigt und bei uns wohnt!«

»Ich denke gar nichts, Kind«, rief der Professor der Ästhetik. »Wie könnte ich in diesem Moment denken? Im Notfall ziehen wir beide aus und überlassen dieses alte Gesindel sich selber und seiner eigensten Liebenswürdigkeit. Du gehst mit mir nach Heidelberg, da mieten wir ein Häuschen mit einem Garten unter dem Heiligenberg und leben in den Blumen und im Grün –«

»Bis es Winter wird; o ja, das ist ganz reizend, ganz entzückend,« rief Käthchen, »aber jetzt kommt erst die Tante Lina, und ich muß nach dem Weser-Bahnhof, ehe wir mit der Neckar-Bahn abfahren können!«

»Ich werde dich jedenfalls begleiten.«

»Nein, nein, unter keinen Umständen, um Gottes willen nicht! Das wäre was Schönes! Daß du dich nicht unterstehst, mir gar nachzulaufen.«

»Aber Liebchen?« stammelte der Ästhetiker ein wenig verblüfft.

»Ich bitte dich, bester Elard, sei nicht böse, sei nicht gleich böse, – es geht ja nicht. Denke nur, was ich antworten sollte, wenn mich unter den jetzigen Umständen die Tante fragte, wer du eigentlich wärest? Ach Himmel, und sag nur, hat dich denn *dein* Herr Vater gesehen, als du eben hierher kamest?«

Herr Elard Nürrenberg sah über die Schulter; dann schlich er zu der Balkontür und blickte nach dem väterlichen Besitztum hin. Die

Landstraße ist ziemlich breit, und der Professor führte kein Opernglas in seiner Tasche wie der Kommerzienrat. Dafür aber fühlte er den süßen Atem der Geliebten an seiner Wange, als sie, auf den Zehen stehend, ihm über die Schulter guckte, und er wendete sich, zog sie von neuem in seine Arme und rief:

»Ei, laß ihn treiben, was er will! Wahrscheinlich wird er ruhig seine Blatt- oder Kaffeeläuse von seinen Kakteen rauchen.«

»Ach, lieber Elard, ich will ihm eine so gute Tochter sein!«

»O, und ich, mein Käthchen, will deinen Papa –« er brach ab und zog eine ziemliche Quantität Luft in sich, stieß sie wieder heraus und mit ihr unwillkürlich seine wirklichen augenblicklichen Gefühle für den Legationsrat: »Herrgott, es mag nun sein, wie es will, *der* Wüterich trägt doch die Schuld an aller Verwirrung. Ich will mich gern als Sühneopfer auf den Altar seines Ingrimms legen, Käthchen; aber wenn du ihn vorhin drüben in der Laube gesehen und gehört hättest, so würdest du ihn sicherlich später unsern Buben und Mädeln nicht als Muster der Sanftmut aufstellen.«

Der Geliebte wußte wahrscheinlich nicht, wie weit er sich vorwagte; aber die Geliebte machte es ihm klarer, indem sie sich aus seinen Armen loswand und, an den Tisch tretend und in einem Bilderwerk die Blätter umschlagend, sagte:

»Dein Papa muß doch wohl ebenso heftig gewesen sein, wie der meinige.«

»Liebes Mädchen, ich versichere dich –«

Doch das liebe Mädchen drückte plötzlich das Taschentuch auf die Augen, brach in das bitterlichste Schluchzen aus und stotterte und stammelte:

»Ja, und es ist recht böse von dir, – und gerade in diesem Augenblick! Du solltest doch mehr Mitleiden haben – mit mir und mit ihm. Er ist auf die Pfingstweide gelaufen; – wenn ihn sein Asthma befällt, pflegt er immer auf die Pfingstweide zu laufen. O Gott, was soll ich tun. Mein armer Papa, was habe ich getan? O Gott, Gott, Gott, und eben saß ich noch so ruhig am Klavier, und jetzt hat sich die ganze Welt verändert; du bist gekommen, und ich bin wie im Traume, und jetzt hat sich die ganze Welt wieder verändert. Und ich muß nach dem Bahnhof, die Tante Lina kommt, und ich wollte, ich wäre gestorben und bei meiner Mutter!«

Der Heidelberger Professor faßte sich in die Haare und fing an, im Zimmer herumzurasen wie vorhin der Papa Legationsrat. Er versuchte vergeblich, das Tuch von den Augen der holden Weinenden wegzuziehen; er küßte die Hände, die das Tuch hielten, aber es half alles nichts; der Krampf mußte heraus. Elard beschwor den ganzen Olymp zum Zeugen, daß er nicht wisse, was er eigentlich verbrochen habe. Er rief alle Sonnen und Sterne her, um sich bestätigen zu lassen, daß ihm die Welt sich nur ins Himmlische in der letzten Viertelstunde verändert habe, und daß er gern und willig und herzlich die beiden alten Sünder zur Rechten und zur Linken der Hanauer Landstraße für alles, was sie gesagt und getan haben möchten, abküssen werde. Er erhob die Schwurfinger zur Decke und schwor, daß es nimmer einen Schwiegersohn besser als er gegeben habe und geben werde; es half ihm alles nichts. Das einzige, wozu er seine in Tränen untergehende Verlobte brachte, war das Wort: »Vergib mir nur; – vielleicht ist es nur körperlich.«

Und jetzt gerade fuhr die bereits am Morgen von dem Legationsrat bestellte Droschke an der Haustür vor, und jetzt gerade fingen die Vigilienglocken des Pfingstfestes an zu läuten in Frankfurt am Maine.

Das war eben Eulenpfingsten, und Käthchen Nebelung suchte, wie der Papa, ihren Hut und nahm ihr Sonnenschirmchen; und als der Geliebte sie die Treppe hinunter führte, stützte sie sich mehr auf das Geländer als auf ihn. Er durfte sie zwar in den Wagen heben, aber statt alles Weitern bekam er nur eine matte, kalte Hand und das zitternde Wort: »Lebe wohl, lieber Elard. Ich will es versuchen, wieder ruhiger – wieder glücklich zu werden!«

Da stand er und sah dem Wagen nach. Er hätte nun wieder nach Hause gehen können; der Papa würde ihm gern ein Blatt der Oberpostamtszeitung zur Abendlektüre überlassen haben.

»Lache nicht diesmal, Zeus!« ächzte der Unglückselige, ganz als Alexis; und dann rannte er dem Allerheiligentor zu.

Derweilen stiefelte der Legationsrat, Herr Alex von Nebelung, allgemach im immer ruhigeren Tempo der Isenburger Warte entge-

gen, und hinter ihm erklangen außergewöhnlich friedlich und me-
lodisch die Glocken von Sachsenhausen.

Fünftes Kapitel

Wir haben es schon gesagt: wir lassen uns auf nichts ein, was die Ansprüche des Lesers an die Geschichte betrifft. Was wir zu tun haben, wissen wir, und was wir zu sagen haben, gleichfalls, und dies genügt uns vollkommen.

Von dem Balkon in den Salon tretend, sprach die Tante:

»Ihr wohnt recht angenehm, Kind, und wenn ihr nach Hanau wollt, so habt ihr den Bahnhof bequem genug zur Hand. Fürs erste aber wollen wir ruhig hier in der Hanauer Straße bleiben, und nun laß dich einmal genauer ansehen, Schätzchen.«

Sie setzte sich nieder bei diesen Worten, und es war, als ob sämtliche Staaten der großen nordamerikanischen Republik (Utah nicht ausgeschlossen) sich mit ihr setzten. Sie nahm das Käthchen zwischen ihre Knie, ungefähr wie Uncle Sam die schöne Insel Kuba, wenn er es irgend möglich machen könnte, zwischen die seinigen nehmen würde. Wirklich, es war bei allem Tantlichen etwas ausgesprochen Onkelhaftes in der Art und Weise, wie sie das junge ängstliche Mädchen an den Handgelenken ergriff, die Willenlose daran festhielt und sie von der Rechten und von der Linken mit auf die Seite gelegtem Kopfe besah. Es fehlte nicht viel, so hätte sie das Nichtchen auch umgedreht, um es auch von der Rückseite zu betrachten, – wie sie selber vorhin von Nachbar Nürrenberg betrachtet worden war. Da aber doch die Unterhaltung dabei gelitten haben würde, so verzichtete sie auf diese Wendung und begnügte sich mit der reizenden Vorderansicht.

»Hm,« sprach die Tante Lina Nebelung, »wenn man solch ein Geschöpfchen ansieht, dann merkt man, wie die Zeit hingeht. Es ist mir wie gestern, als ich so alt oder vielmehr so jung war wie du, und doch ist das nun schon eine schöne, lange Reihe von Jahren her. Ganz und gar eine Nebelung! Hier dieses Fältchen von dem Nasenwinkel nach dem Lippenwinkel stammt fast komisch verdrießlich von uns her; ich kenne es ganz genau, und ich kenne es an mehr als einem Familienporträt in Öl, Kreide und Bleistift. Aber hier um das Auge hat sich jedoch auch ein anderer Zug in unserem Familiengesicht eingefunden. Den wird deine selige Mutter hineingebracht haben; er gefällt mir jedenfalls viel besser als dieses Fältchen, und es tut mir um so mehr leid, daß ich dein Mütterchen nicht persönlich kennen gelernt habe.«

»Oh!« seufzte Käthchen wehmütig.

»Nein, nein, nicht weinen, Kind! Das habe ich nicht gewollt. Wir alle müssen sterben – ‚all must die – ’t is an inevitable chance – the first statute in Magna Charta,‘ sagt Mr. Shandy; doch was rede ich englisch zu dir, wir werden genug zu tun haben, um uns auf Deutsch ineinander zurecht zu finden, und den Tristram Shandy wirst du wohl hoffentlich auch nicht gelesen haben.«

Nein, bis jetzt noch nicht; das ist gewiß vor meiner Zeit geschrieben, und wir lesen nur die neuen Bücher aus der Leihbibliothek. Ist es noch älter als die ‚Ritter vom Geist‘, Auerbachs ‚Dorfgeschichten‘ und Freitags ‚Soll und Haben‘?«

»Ein wenig«, sprach die amerikanische Tante, wendete aber kurz um auf dem Wege in die Weltliteratur und tat wohl daran, denn es lagen allerlei Abgründe an diesem Pfade. Sie begab sich wieder auf das Feld der Familiengeschichte und bemerkte:

»Ich kann mir das Leben, welches dein guter Vater hier als Junggesell, verheirateter Mann und Witwer gelebt hat, recht wohl ausmalen. Er war und ist ganz ein Nebelung, ohne jeglichen fremdartigen Zug um das Auge. Er wurde als Nebelung geboren und hat sich mir gegenüber stets als solcher bewiesen, und wird – muß ein Nebelung geblieben sein. Für das letztere spricht unter anderem auch das, was ich jetzt an ihm erlebe, und ich – freue mich um so mehr, ihn nach mehr als zwanzigjähriger Trennung wiederzusehen. Ich weiß nicht, ob du mich verstehst; aber das ist, wie wenn man in seine Geburtsstadt nach langer Abwesenheit zurückkehrt; – da wünscht man auch alles unverändert und auf dem alten Flecke wiederzufinden. Was deinen Papa anbetrifft, so wird er sicherlich nicht in dieser Hinsicht gerade meinen Wünschen sein Leben entgegengelebt haben.«

Arm Käthchen verstand die Tante wahrlich nicht recht, und um so weniger, als dieselbe jetzt herzlich lachend fortfuhr:

»Und nun sieh mich an, Töchterchen. Ich führe alle Familienzüge im Wappen – Katzenkrallen, Eulenklauen et une langue mechante, alles im gelben Felde; aber dahinter sitze Ich, eben ich und sehe aus meinen *A u g e n*. Und jetzt sieh mir noch einmal in diese Augen, mein Mädchen; ich will doch nicht ganz umsonst unter meinen letzten Verwandten aus der Fremde wieder angekommen sein. Willst du mir trauen, Käthchen Nebelung?

»Ja, ja, o ja, ich wünsche ja gar nichts Besseres!« rief das Kind.

»Gut! Bei guter Gelegenheit wirst du dann mehr von mir erfahren. Jetzt bitte ich dich, mir mein Wohn- und Schlafgemach zu zeigen; mein Gepäck ist angelangt, und ich wünsche Toilette zu machen. Es ist mir lieb, daß ich wenigstens dich zu Hause vorgefunden habe, und – so schlimm, wie ich aussehe, bin ich nicht.«

»*D a s* bist du gewiß nicht!« rief Käthchen, im überströmenden Gefühl der Tante die Arme um den Hals werfend, doch Fräulein Karoline Nebelung machte sich frei von diesen hübschen Armen, wie sich kurz vorhin Fräulein Katharina aus denen des Heidelberger Professors Elard Nürrenberg gelöst hatte.

»Na, nun nur nicht lachen, Kind! Du wirst dich doch wohl dann und wann in mir täuschen; meine ganze Familie hat das dann und wann getan und mir zuletzt sogar mit gesträubten Haaren ins Blaue nachgeguckt. Übrigens wiederhole ich dir; dieser Empfang seitens meines Bruders, deines armen Papas, amüsiert mich königlich oder vielmehr ganz republikanisch. Alles dieses versetzt mich vollständig in meine Jugendzeit und in das Haus meines Vaters, deines Großpapas, zurück. Ich kenne, ich kenne das, und ich wollte nur, ich könnte meine Mama, deine Großmutter, Käthchen, in diese Stunde hineinbeschwören, und dazu die Bernburger Tante und den Nordhäuser Onkel und die Vetternschaft bis nach Hamburg und Bremen hinunter! Von Nebelung! O dear me, dein Papa hat mit dem Alexius-Orden den persönlichen Adel erhalten; aber ich habe den allerpersönlichsten Adel besessen, solange ich mich erinnern kann. Was du, mein Herz, in der Beziehung für Dokumente aufzuweisen hast, kann ich der kurzen Bekanntschaft wegen nicht sagen; aber was mich betrifft, so bin ich als geborene Aristokratin aus dem Deutschland meiner Jugend durchgebrannt und erst als Gesellschafterin nach Sankt Petersburg und dann als Governeß nach Amerika gegangen.«

»Und ich – ich weiß nicht, was ich sagen soll!« rief Käthchen. »Daß solch ein Tag kommen könnte, habe ich nie, nie geahnt!« rief sie, in das lauteste Weinen ausbrechend. »Und eben habe ich mich mit Elard verlobt, und er ist so gut, und dann bin ich so grob gegen ihn gewesen, und dann hebe ich dich auf dem Bahnhofe angelogen, und doch habe ich für alles, alles nichts gekonnt, und ich weiß gar nicht, was sich die Weltgeschichte mit mir vorgenommen hat. O Tante, Tante, Tante Lina, ich bin das unglücklichste Geschöpf auf Gottes weitem Erdboden!«

Sie hatte sich damit der Tante von neuem um den Hals geworfen, und diesmal ließ die Wackere das schluchzende Kind da hängen, ja zog es nur noch fester an sich und fragte begütigend und beruhigend:

»Elard? Ist das der Sohn des Nachbars, mit dem sich dein Papa gezankt hat?«

»Ja, ja, wie ich es dir schon in der Droschke sagte. O, ich bin zu schlecht gegen ihn gewesen, nachdem er zu gut gegen mich war, und dann ist er in Groll weggegangen, und ich mußte nach dem Bahnhofe, um dich abzuholen.«

Die Tante Lina lächelte. »Wenn der junge Mann respektabel und wohlmeinend ist, und wenn du ihn liebst, sollst du ihn haben. Euch scheint es übrigens auch früh in eure junge Seligkeit hineingeregnet zu haben! Nun, sei nur still; ich habe meine eigene, meine allerpersönlichste Erfahrung in dergleichen Angelegenheiten.«

Die Tante seufzte bei den letzten Worten, aber durch Käthchen Nebelungs Tränenregen schien plötzlich wieder die Sonne, und der Bogen des Friedens wölbte sich auch mit über die deutsch-amerikanische Mädchenerzieherin von Vassor College.

»O Gott, Gott, o Himmelstante, so habe ich dich mir wahrlich nicht vorgestellt!« rief Käthchen durch das funkelnde Gestiebe lachend. »O Herzenstante, was wird Elard zu dir sagen! Wie gut wirst du Elard gefallen!«

»Ja, ja, es ist möglich; wir wollen das aber gelassen abwarten; jetzt führe mich nur erst nach meinen Gemächern, Kathy. Ich wiederhole es, ich empfinde nach der langen Fahrt das dringendste Bedürfnis, mich zu waschen.«

Sechstes Kapitel

Unter den Redensarten, die den Wandel der Menschen über die Erde begleiten und nach dem Weltende wohl noch unter dem Throne des höchsten Richters der Jury des Jüngsten Gerichts in die Ohren klingen werden, befinden sich einige von außergewöhnlich einschmeichelndem Wohlklang. Da ist zum Exempel das schöne Wort: Sich für andere aufopfern, – welches bei Lichte besehen und gar beim fahlen Schein des Weltbrandes – nichts anderes gewöhnlich bedeutet, als anderen ihr Dasein mit aller Gewalt und der unermeßlichsten Rücksichtslosigkeit nach dem eigenen Geschmack und Neigungen einrichten zu wollen.

Diese Redensart stammt wahrscheinlich von Eva her; aber auch Adam, wie er heute noch ist, weiß recht gut mit ihr umzugehen. Die Herren sind immer so klug, nie ihren Weg quer durch das Behagen des Gegenparts zu nehmen, ohne sich innerlich oder auch mündlich vor sich selber und der Nachbarschaft durch das drollige heillose Wort zu rechfertigen. In vorliegender Geschichte wirkt die Tante Lina am wenigsten und ihr guter Bruder am meisten damit.

Sich *a n* das Ganze hingeben, ist ein ähnliches schönes Diktum, wird jedoch mehr von Leuten angewandt, die durch ihre Anlagen sich gedrungen fühlen, den Betrug über das Privatleben hinaus zu spielen.

Am schönsten freilich ist die Redensart: Sich *f ü r* das Ganze hingeben, und damit wollen wir es diesmal hier bewenden lassen. Wir machen uns keineswegs besser, als wir sind, aber auch nicht schlechter, als die anderen sind; wir geben uns auch für das Ganze hin, wenn auch diesmal nur für das ganze dieser Geschichte.

Während die Tante Lina Toilette macht, d.h. sich gründlich von dem Staub und Schweiß des Reisetages reinigt, spazieren wir vergnüglich im holden Abendschein dem Papa Nebelung, der sich sein ganzes Leben durch für andere aufgeopfert zu haben behauptet, nach durchs Affentor. Die Unterhaltungen, die er mit sich selber und später noch mit einem andern führt, sind uns sehr wichtig.

Sachsenhausen lag längst hinter dem zur Ruhe gesetzten Diplomaten, und wenn er auch, wie wir sagen, allgemach im gemächlicheren Tempo schritt, so hatte er seine Aufregung doch bei weitem noch nicht genug verlaufen. Die Rachegeister begleiteten ihn immer noch dicht an seinen Rockschößen auf der Darmstädter Chaussee, und so deutlich wie in dieser Stunde war es ihm sehr selten geworden, daß er sich sein ganzes Leben fort und fort, bei Tage und bei Nacht für die anderen geopfert und hingegeben habe. Hin und her wendete er das verruchte Wort in seinem Gemüte; – das war ganz die richtige Stimmung, in welcher der Mensch seiner bodenlosen, unglaublichen Gutmütigkeit und Herzlichkeit wegen vor Gift und Galle ersticken möchte! Das war die Laune, in der der gekränkte, erboste Mensch sich nur zu gern in ein Brett verwandelt sähe, unter der Bedingung, daß die ganze nichtsnutzige Welt kommen müßte, um sich den Hirnschädel dran einzurennen!

Alle Kränkungen, Zurücksetzungen, Beleidigungen, die ihm, Alexius Nebelung, während seines mehr denn sechzigjährigen Lebenslaufes zuteil geworden waren, traten ihm auf diesem Abendspaziergange frisch und unverblaßt vor die Seele; und, das goldbeknopfte spanische Rohr gen Himmel schwingend, schwur er unter dem Läuten der Pfingstglocken wieder einmal, sich von heute an aber wirklich zu bessern, an nichts anderes mehr zu denken als sich selbst und sein Leben für keinen anderen mehr zu verbrauchen als für sich selber.

»Nach dem Bahnhofe komm' ich doch zu spät, selbst wenn ich jetzt noch umkehren würde«, hing er sodann epilogisch an den Schluß seiner guten Vorsätze; und die Rachegeister – wendeten sich mit verächtlicher Entrüstung von ihm; sie hatten ihr möglichstes getan und ihn doch nicht zum Sprung über seinen eigenen Schatten gebracht. Der Legationsrat von Nebelung begann eine neue Reihe von Gedanken, Gefühlen und Empfindungen. Plötzlich griff er sich über der linken Hüfte in die Seite; er fühlte den ersten Gewissensbiß, und aus der Erbosung über den Nachbar Nürrenberg fiel er in den Ärger über sich selber.

»Ich hätte doch nach dem Bahnhof gehen sollen!« murrte er und stieß heftig mit dem Stock auf.

Man kann mancherlei auf der Darmstädter Landstraße sehen und empfinden. Da ist z.B. ein Buch auf Erden, genannt: Wahrheit und Dichtung aus meinem Leben, – das handelt unter vielem anderen auch mehrmals von diesem Wege. Wir rufen es auf, indem wir den Beweis der Wahrheit des eben Gesagten antreten.

Da ist ein junger Mensch, dem die Lage von Frankfurt zustatten kam, weil es »zwischen Darmstadt und Homburg mitten inne« lag.

»Oft ging ich allein oder in Gesellschaft durch meine Vaterstadt, als wenn sie mich nichts anginge – mehr als jemals war ich gegen offene Welt und freie Natur gerichtet. Unterwegs sang ich mir seltsame Hymnen und Dithyramben, wovon noch eine, unter dem Titel Wanderers Sturmlied, übrig ist:

> Wen du nicht verlässest, Genius,
> Nicht der Regen, nicht der Sturm
> Haucht ihm Schauer übers Herz.
> Wen du nicht verlässest, Genius,
> Wird dem Regengewölk,
> Wird dem Schloßensturm
> Entgegen singen – –
> Wandeln wird er
> Wie mit Blumenfüßen
> Über Deukalions Flutschlamm,
> Python tötend, leicht, groß,
> Pythius Apoll.«

Mit Blumenfüßen über Deukalions Flutschlamm wandelte der Legationsrat gerade nicht. Er ging jetzt mit vorgeneigtem Kopfe, krumm, mit den Augen im Staube des Weges, und hätte um ein Haar einen ihm von der Sachsenhäuser Warte her entgegenkommenden Wanderer angerannt, welches Mißgeschick wahrscheinlicherweise von den schlimmeren Folgen für ihn selber begleitet gewesen wäre. Dieser die Straße herabschreitende Spaziergänger war ein alter, frischer Herr mit weißem Backenbart, weißer Halsbinde, im Frack und begleitet von einem braunen Pudel. Er trug gleichfalls ein spanisch Rohr mit einem Goldknopf und wich dem Zusammenstoß mit einem verdrießlichen Grunzlaut aus, und zwar nach rechts hin. Da nun aber der Rat sofort nach links fuhr, so standen beide wieder voreinander, und der Alte mit dem Pudel grunzte um ein bedeutendes grimmiger und sprach dazu leise ein englisches Wort. Mit einer deutschen Entschuldigung zog der Legationsrat den Hut, und der Alte seinem Grundsatze: Give the world its due in bows, nach, hob mit wütendster Höflichkeit den seinigen gleichfalls von der breiten Stirn, schritt kurz und schnell weiter dem zornwütigen Sachsenhausen zu und schnurrte das Wort: »Bipes!« indem er wie zu seiner Selbstberuhigung und Besänftigung hinzufügte:

»Die Klötze werden es *n i c h t* lernen, nach rechts auszuweichen!«

Der Legationsrat Alexius von Nebelung vernahm im Weitergehen diese Bemerkung ganz wohl; allein er wendete sich nicht, um sich eine Erläuterung auszubitten. Nicht, daß er sein Gift schon völlig verspuckt gehabt hätte, aber augenblicklich fühlte er die Zähne etwas stumpf und hatte das Wiederzusammenlaufen der Galle abzuwarten. Den kläräugigen Alten im Frack kannte er aber auch zu gut vom Lesezimmer des Kasinos und der Table d'hote im Englischen Hofe her, um sich mit ihm auf dem nämlichen Fuße einzurichten wie mit dem guten Nachbar und braven großherzoglich darmstädtischen Kommerzienrat Florens Nürrenberg.

»*D e r* hätte meine Schwester Lina heiraten müssen!« sagte der Legationsrat im langsamen Weiter- und Hügelan-Schleifen. »Jetzt wird sie angelangt sein und sich sehr darüber wundern, mich nicht am Main-Weser-Bahnhofe zu finden. Und mit Recht! Es war meine Schuldigkeit, dort zu sein; zumal unter den obwaltenden Verhältnissen. Wie wird sie mich nun ihrerseits empfangen, wenn ich nach Hause komme? Werde ich sie überhaupt zu Hause finden? Wenn sie ihren Charakter über das Weltmeer wiedergebracht hat – wenn Käthchen sie vielleicht – was der Himmel verhüten möge! – gleichfalls verfehlt hat – wenn das Kind, das die Tante gar nicht kennt, sie im Menschengewühl nicht herausgefunden hat, ist sie imstande, in gerader Richtung vom Bahnhof nach irgendeinem Hotel zu fahren, mir eine Visitenkarte zu schicken und mit dem nächsten Zuge wieder abzureisen. Und das alles nach zwanzigjähriger Trennung! Das alles, nachdem sich so manches verändert – nachdem wir beide – – milder, bedächtiger, gelassener – ja, milder geworden sind! Zwanzig Jahre – und ihre freundlichen Briefe aus der Fremde! – Zwanzig Jahre, seit wir uns nicht sahen; seit die ganze Welt eine andere geworden ist! Ei, so wollte ich doch –«

Er stand still und blickte auf den Weg nach Sachsenhausen zurück und – sah nach der Uhr.

»Es ist zu spät!« murmelte er mit einem Seufzer. »Jetzt ist es gleichgültig, ob ich bei eingebrochener Dämmerung oder erst bei vollständiger Nacht heimkehre. Ich werde noch bis zur Warte hinaufsteigen, mir überlegen, was ich daheim sagen werde, und dann ruhig heimgehen. Ist es denn meine Schuld, daß uns dieser schöne Abend so schändlich verdorben worden ist?«

Nun schlich er unter dem Gesange der Feldgrillen um ihn her und sah, fühlte und empfand das Seinige auf der Landstraße, die von Frankfurt nach Darmstadt führte. Von nun an blieb er dann und wann stehen, entweder mit dem Kopfe schüttelnd oder mit ihm nickend. Er geriet immer tiefer in die Vergangenheit, in jene Zeit, als er noch mit der Schwester Lina im Elternhause zu 0x0burg lebte, und für einen Mann ohne jegliche Phantasie malte er sich die Bilder bunt und farbig genug aus; da fand sich freilich nicht die Stimmung und Anlage, Wanderers Sturmlieder zu singen oder über die Welt als Wille und Vorstellung nachzugrübeln. Wie eine Claurensche Novelle wuchs das empor in seiner Seele, und es fehlte nichts von allen Zubehörigkeiten dabei. Nur die Schwester Lina paßte ganz und gar nicht hinein, und das war auch der Grund, weshalb sie vor zwanzig Jahren daraus wegging.

Da war die kleine Residenz mit dem Fürsten Alexius dem Dreizehnten, der auf Alexius dem Zwölften gefolgt war; – die kleine Residenz mit dem hochfürstlichen Ministerio, dem Hofmarschallsamte, dem Leibgarde-Jägerbataillon, dem Landeskonsistorio, dem Landeszuchthause, dem Hoftheater, dem hohen Adel und verehrungswürdigen Publiko, wie es in den achtzig oder hundert Bänden der gesammelten Werke des berühmten Autors genau verzeichnet steht.

Da war das Haus des Papas, welcher der Großpapa unseres Käthchen Nebelung in der Hanauer Straße da drunten in Frankfurt am Main war. Wilhelm Hauff hat es ganz genau kennen gelernt, und die Tante Lina las als ein ganz, ganz junges Backfischchen den Mann im Monde nebst der daran gehängten Kontroverspredikt und Vermahnung an die deutsche Nation. Sie hätte beinahe für die letztere ein Danksagungsschreiben, einen Belobungsbrief an den jungen Stuttgarter Hauslehrer geschrieben, und zwar ganz verstohlen, denn ihre sämtlichen älteren und jüngeren Bekanntinnen waren entrüstet über den schwäbischen Doktor und sein heimtückisches, frivoles, lästerliches Vorgehen gegen den herrlichen, liebenswürdigen Hofrat im Generalpostamt zu Berlin, Karl Gottlieb Samuel Heun. Sie schrieben nach dem Eßlinger Prozeß ganz offen ein Gratulationsschreiben an den Hofrat und gaben das duftende Briefchen am hellen Tage auf die Post, und ihre Mamas hatten nicht das mindeste dagegen einzuwenden.

Auch der Studiosus der Jurisprudenz Alex Nebelung las damals seinen Clauren und las ihn in den Ferien den Schwestern seiner Studiengenossen vor.

»Hm, ha!« sagte der Legationsrat Alexius von Nebelung auf der Darmstädter Chaussee.

Er dachte immer inniger daran, wie schön es doch sei, jung zu sein und sich begeistern zu können. Er dachte an den ersten Hofball, auf dem er als jugendlicher Auskultator, seiner Tanzfüße wegen, wenn auch nicht seiner sozialen Stellung nach hoffähig war, und dann – dann dachte er an das, was während dieses Balles zu Hause vorging, und wie damals das Wohlbehagen in 0x0burg durch Schuld der Schwester Karoline in eine Katastrophe auslief.

Die Schwester Lina war nicht hoffähig. Tänzerinnen gab es nur allzuviel in den höchsten gesellschaftlichen Sphären der Residenz Seiner Durchlaucht Alex des Dreizehnten. Es war wirklich nicht notwendig, ihre Überzahl durch Zufuhr aus den Reihen der Bourgeoisie zu vermehren, und wenn die guten Kinder mit noch so gutem Rechte in diesem winzigen Staatswesen zur noblesse de robe zu rechnen waren.

Während also der Bruder im fürstlichen Palais sich mit dem weiblichen Teile des hohen Adels des Landes, im Glanz der Girandolen und unter der Musik des fürstlichen Leibgarde-Jägerbataillons im Kreise drehte, hatte Schwesterchen Lina still zu Hause bei ihrem Strickstrumpf und hinter einem Bande von Börnes gesammelten Schriften (wiederum verstohlen) gesessen und – an ihren Fritz gedacht.

An ihren Fritz! Es war zu Boden schmetternd, und es war um so zerschmetternder, da niemand im Hause eine Ahnung davon hatte, daß das Kind, während andere tanzten, sich auf ihr eigen Fäustchen einen Tänzer, und zwar für den Ball des Lebens ausgesucht haben könnte! Einen Tänzer nach ihrem Geschmack! Den braven Fritz Hessenberg, den anrüchigsten aller Bewohner der Stadt!

Und Fritze hatte auch die Rechtskunde studiert oder sich doch unterm Vorgeben, sie zu studieren, von verschiedenen Universitäten relegieren lassen. Und Fritze war politisch anrüchig und die Entrüstung über ihn war um so größer in der Residenz, als er ihre Verachtung mit vollkommener Gemütlichkeit auf seinem breiten Rücken trug. Seine Lasterhaftigkeit hatte lange zum Himmel – einen üblen Geruch gesendet, – der gutmütige Fürst hatte ihn persönlich gewarnt, und es hatte alles, alles nichts geholfen.

Nachher ist es herausgekommen: der Unhold hatte sogar während der Audienz, während sein langmütigster Landesvater ihn so väterlich ermahnte, sich zu bessern – auf der bloßen Brust, nur vom Hemde verdeckt, ein schwarzrotgoldenes Band getragen. Der Legationsrat von Nebelung unter der Isenburger Warte erinnerte sich des Entsetzens der Residenz bis in die leisesten Schwingungen. Wegen demagogischer Umtriebe wurde der biedere Fritze in jener Ballnacht verhaftet; und mit der Welt, die selten etwas anderes sagt, als was schon vordem gesagt worden ist, meinte der Auskultator Alex Nebelung: »Der Krug geht so lange zu Wasser, bis er bricht.«

Der in den höheren Kreisen so gut angeschriebene junge Rechtsgelehrte sollte aber auch noch über verschiedenes andere seine Meinung abgeben. Vom Schlosse heimkehrend, fand er auch die Schwester eingesperrt, den Papa in sich zusammengekniffen und die Mama auseinander gegangen. Fritzes Papiere hatte man von Amts wegen versiegelt, aber mit Linas Papieren war ganz das Gegenteil vorgenommen worden. Linas Papiere lagen auf dem Tische, offen und teilweise von einer scharf zugreifenden Hand arg geknittert: die Mama hatte die geheimsten Verstecke im Schreibtische des Töchterleins sofort aufgefunden; und für den soliden Gang ihres Hauswesens war es ein Glück, daß der deutsche Bund ihre Talente in dieser Hinsicht nicht gekannt hatte.

Großer Gott, die Schriftstücke, die das Gericht in der Wohnung des Verbrechers gefunden und eingesiegelt hatte, waren nichts, gar nichts gegen die Dokumente von seiner Hand, die Papa und Mama Nebelung im Besitze ihrer Tochter fanden. *Der* hatte Fritze sein

Herz aufgeschlossen, – der hatte er gesagt, wie er dachte – der hatte er nichts verhehlt, gegen *die* war er gerade herausgegangen! O, und was für einen Stil er schrieb! einen braven Stil, einen biederen Stil; der Landesvater selbst schrieb keinen braveren. Und er schrieb, wie er war; und bei allen Mächten im Himmel und auf Erden, er war ein alter guter Junge, und Linchen hatte ihn mit dem eingeborensten Instinkt für altdeutsche Treue und Redlichkeit für sich aus der Blüte des Vaterlandes herausgefunden und herausgepflückt: was konnte sie dafür, daß er der Residenz und dem durchlauchtigen Deutschen Bunde so schlecht gefiel?

Das war nun dreißig Jahre her, aber für einen Mann ohne Phantasie, wie der Rat Nebelung, war's um so merkwürdiger, wie scharf und klar jegliche Einzelheit jener denkwürdigen Nacht aus dem Dunkel emportauchte. Nicht nur die Menschen, sondern auch die Sachen standen ganz deutlich an diesem Abend vor Pfingsten 1858 vor dem inneren Auge des Legationsrates. Nicht nur der Papa und die Mama, sondern auch ihre Porträts über dem Sofa, die Uhr in dem antiken Tempel an der Wand gegenüber, und vor allem der Tisch mit der roten wollenen Decke und den konfiszierten Papieren des Schwesterchens, – der Tisch, an dem das Schwesterchen selbst lehnte, die Hand fest auf die Platte gestützt und trotz ihrer verweinten Augen mit einem lachenden Zug um diese Augen und einem trotzigen um die Lippen.

Der Wanderer hörte die teilweise so lange verklungenen Stimmen, und vor allem anderen hörte er die Rede des bildhübschen, schlanken, naseweisen neunzehnjährigen Dinges, der Schwester Lina.

»Nun, was wollt ihr denn eigentlich! Ja, es ist so, wie es jetzt herausspioniert ist; ich habe *ihn* gern und er mich, und das sind seine Briefe an mich! Mit mir könnt ihr machen, was ihr wollt; aber was ihr ihm anhaben könnt, das will ich doch erst einmal sehen. Festung? Er auf die Festung? Ach, du lieber Gott, da baut euch doch erst eine! ... Und ich – Wasser und Brot? Gütiger Himmel, Papa, ganz so tief im hohen Mittelalter und im tanzenden Schädel am Rabenstein, im Konrad von Strahlenburg und dem wandelnden Geist auf der Kuksburg stecken wir doch nicht mehr. Eine schlechte Kreatur bin ich? Ach, Mama, liebe Mama, das bin ich auch; denn ich habe ihn verführt, und ich will es auch vor Gericht aussagen, ich will alles gestehen, und ich will auch Seiner Durchlaucht selber mein Geständnis ablegen. Ja, ja, es ist so, wir beide – ich und Fritz, wir haben ebenfalls die deutsche Republik gründen und Seine Durchlaucht als deutschen Kaiser an die Spitze stellen wollen, – wir haben uns unser Wort darauf gegeben, und Fritz hat einen Ring mit einer Haarlocke von mir.«

Der Legationsrat hatte sich auf dem Wege nach der Isenburger oder Sachsenhäuser Warte überlegen wollen, was er nach seiner Nachhausekunft der Tante sagen könne, aber nicht, was vor dreißig Jahren in jener schrecklichen Nacht die Tante sagte.

»Ich versuche vergeblich, es von mir zu weisen«, murmelte er jetzt. »Es ist stärker als ich, und mir ist schlecht zumute! Ich hätte doch nach dem Bahnhof gehen sollen. Es war meine Pflicht. Den Verdruß über den Nachbar Nürrenberg hätte ich mir auf eine andere Art von der Seele schütteln können, als durch dieses tolle Gerenne ins Blinde. Da ist die Warte, und es ist mir, als ob mir eine Gerichtspedellenhand die Kehle zusammendrücke. Setzen muß ich mich einen Augenblick; ich komme sonst gar nicht wieder nach Hause – wenigstens nicht lebendig.«

Er arbeitete sich schwer und mühsam dem alten Turme zu, und scharf und hell vernahm er während dieser letzten hundertfünfzig Schritte die Stimme seiner seligen Mutter:

»Ich will dir etwas sagen, Karoline. Morgen mittag, sobald dein Koffer gepackt ist, schaffe ich dich aus der Stadt; hörst du?! Ich werde dich selbst der Tante Nebelbohrer in Bernburg bringen. Du bleibst mir keinen Augenblick länger als nötig ist, im Hause. Bilde dir ja nicht ein, vielleicht den Papa allmählich durch Trotz oder Krokodilstränen herumzubringen. Dafür bin ich auch noch da; – nach Bernburg gehst du morgen mittag, und jetzt gehst du auf der Stelle zu Bett, und ich gehe mit dir, um die Tür hinter dir zu verriegeln – in diesem Leben traue ich dir nicht wieder. O Vater, Vater, ist es denn möglich, daß wir diese Nacht überleben?« –

Das war doch möglich gewesen.

Am folgenden Morgen hatte Alex Nebelung das Protokoll beim ersten Verhör seines Schul- und Universitätsgenossen Fritz Hessenberg zu führen und war seiner Aufgabe in einer Weise nachgekommen, die ihm die Achtung aller seiner Vorgesetzten erwarb. Am Nachmittage befand sich Linchen Nebelung verstockt und leider gänzlich reulos auf dem Wege in die Verbannung.

Selten von jener Nacht an hatten sich die Geschwister wiedergesehen und seit zwanzig Jahren gar nicht. Im Verlaufe dieser zwanzig Jahre waren die Eltern gestorben; Alex Nebelung war als Legationssekretär nach Frankfurt geschickt worden und Lina nach Amerika gegangen. Fritze Hessenberg hatte einige Jahre still auf der Festung eines benachbarten größeren Staates (es lohnte sich doch nicht, seinetwegen eine im Heimatlande zu bauen!) zugebracht und war dann auch in die Fremde verschwunden. Einmal kam das Gerücht, er habe geheiratet. Daß er seine erste Liebe nicht geheiratet habe, stand jedoch fest. – Alexius der Dreizehnte war auch gestorben, und heute schrieb man den 22. Mai 1858. Wie doch die Jahre und die Leben vergehen! –

Der Legationsrat hatte die Isenburger Warte erreicht, und der Atem zum Rückwege mangelte ihm in der Tat. Dazu wühlte es immer seltsamer in ihm. Was er widerwillig Rührung nannte, hätten andere wahrscheinlich Verdrießlichkeit benamset. Sentimental angehaucht war er augenblicklich, allein nur zu einem Drittel, was die anderen beiden Drittel anbetraf, so krittelte er sich, und zwar nicht allein über sich. Wie ein von Entozoen und Epizoen geplagter diplomatischer Lachs suchte er sich durch einen Schwung und Sprung Luft zu verschaffen und in seine gewöhnliche Seelenstimmung zurückzuschnellen. Mit giftiger Energie rief er sich ins Gedächtnis zurück, was der satanische Nachbar und Kommerzienrat am Nachmittag in der Jasminlaube verbrochen hatte. Nur um einen Augenblick die Tante Lina aus dem Gewissen los zu werden, malte er es sich noch mal recht grell aus, und in das Wirtschaftslokal guckend, rief er:

»Einen halben Schoppen Äpfelwein!«

Der wurde schnell gebracht, und ein Glas des edlen Trankes in die Abenddämmerung emporhebend, brachte der Legationsrat einen Trinkspruch aus und sagte laut und feierlich-grimmig:

»Es lebe Alexius der Dreizehnte!« – – als worauf sich etwas ganz Kurioses ereignete.

An einem Nebentisch im Grün unter dem alten Wachtturm horchte ein anderer Gast – ein breitschultriger, jovialer Herr mit einem dicken Eichenstock zwischen den Knien und in einem langen blauen Rock – hoch auf, erhob dann gleichfalls sein Glas Eppelwei', erhob sich selbst, trat an den erstaunten Diplomaten heran und sagte:

»Hören Sie, Herr, wenn wir denselben Landesvater im Sinn haben, so stoße ich mit Ihnen an auf den fidelen alten Hahnen. Vivat Alexius der Dreizehnte!«

»Mein Herr?« stammelte der Legationsrat.

»Na, na,« sagte der andere gutmütig, »kommen Sie, setzen Sie sich hierher, hier zieht es am wenigsten. Wissen Sie, ich bin ein Schweizerbüger und habe längst keinen Konnex mehr mit Ihren respektiven Landesvätern. Aber auf *den* stoße ich doch an, und noch gar in diesem angenehmen Getränke. Sie sind wohl auch ein 0x0burger? Wissen Sie, vor dreißig Jahren war ich auch mal einer. Damals war ich ein forscher Studente, eben frisch von Göttingen her, und hatte das Jus studiert. Heute aber bin ich Lohgerber in Romanshorn am Bodensee und habe daselbst ein forsch, florierend Ledergeschäft. Mein Name ist Hessenberg; – wenn Sie mir den Ihrigen sagen wollen, so kommen wir als Landsleute einander vielleicht ganz nahe, – freuen sollt's mich schon. Herrgott, was ist Ihnen aber denn?«

Er mochte wohl fragen: Der Legationsrat Alex Nebelung saß auf dem nächsten Schemel mit geschlossenen Augen und schnappte wie jener vorhin erwähnte brave Fisch, wenn er, statt sich in sein gewohntes Element zurückzuschnellen, sich aufs Trockene geschleudert fühlt und findet.

Siebentes Kapitel

Wir wenden uns jetzt dem zweiten in unmenschlicher oder vielmehr allermenschlichster Aufregung aus der Hanauer Landstraße Weggelaufenen, nämlich dem Heidelberger Professor der Ästhetik, Herrn Elard Nürrenberg, nach.

Sub specie aeternitatis sah er zuerst das, was ihm eben begegnet war, nicht an. Dazu steckte er viel zu tief mit Haut und Haar drin. Wonne und Verblüffung mischten sich auf eine Weise in ihm, daß in diesem Augenblicke die Natur wahrlich nicht seinetwegen aufgestanden wäre, um der Welt zu verkünden: Dies ist ein Mann!

Nur ein männlicher Mensch war er, und zwar ein durch den weiblichen Menschen aus Rand und Band gebrachter. Und:

»Was ist der Mensch? Und selbst der philosophisch gebildete Mensch?« fragte er geistig taumelnd im körperlichen Rennen. »Was war das nun? Welch eine entsetzliche Katzenmusik entfesselter Gefühle? Welch ein roher dorischer Päan von Leidenschaft und Gemüt! O Käthchen, Käthchen! ... Und sie mußte nach dem Bahnhofe – nicht fünf Minuten hatte man, um sich nur notdürftig wieder zu verständigen. Bin ich jetzt verlobt oder nicht? Ach, der Traum war so süß – so süß: weshalb mußte ich Ungeschickter im vollen Schlürfen den zierlichen Becher fallen lassen?! Sie hatte recht, ich war ein Ungeheuer. Aber es kommt heute alles zusammen; – dies und die Tante Lina, die gerade in der Krisis von Bremen kommt und vom Main-Weser-Bahnhof abgeholt werden muß, und der abgeschmackte Zank der beiden Alten. O Ares und Aphrodite, ich wollte – was wollte ich? Ich wollte – es wäre Pfingsten übers Jahr! Ja, das ist's, was ich wollte, das ist das einzige, worüber ich mir momentan klar bin.«

Aber er hatte doch nicht umsonst sein Auditorium, seine drei zahlenden Zuhörer und seine Hospitanten, in Heidelberg. Wie der Baron von Münchhausen faßte er, jedoch ohne es selber zu wissen, nach seinem eigenen Zopfe, um sich daran aus dem Sumpfe zu ziehen; und die auch hinter ihm dreinläutenden Glocken des Pfingstabends halfen ihm freundlich dabei.

»Ach,« seufzte er, in der Fahrgasse aufatmend, »Pfingsten Achtzehnhundertneunundfünfzig. Oder –« er blieb einen Augenblick horchend stehen – »oder vielleicht noch besser – Pfingsten *F ü n f z e h n h u n d e r t*! Die Vergangenheit ist hier doch noch angenehmer als die Zukunft, und, bei den unsterblichen Göttern, ich wollte, das, was mir heute begegnet ist, wäre mir im Jahre Fünfzehnhundert passiert.«

Sie redeten alle in Zungen; der Pfarrturm, Sankt Paul und Peter und Sankt Nikolaus; und ganz entgegen dem biblischen Wort mulier taceat in eccelsia gaben auch unsere liebe Frau und Sankta Katharina hell ihr Wort darein. Da der Wind aus der Richtung vom Paradeplatz kam, hatte Käthchen sogar dann und wann das große Wort.

»So ist es,« sagte der Professor, »der Mann, welcher nicht die Macht und Kraft hat, sich stellenweise ganz und gar von der Zeit, von dem Tage loszulösen, der ist von Grund aus verloren. Leben wir denn wirklich in der Zeit, da das Vergänglichste, der Klang, uns überlebt? Ich habe das so nie gehört; – ich habe so nie empfunden, was das da in den Lüften will; – dieser Alex der Dreizehnte hat uns alle wirbelig gemacht. Wahrhaftig, da lügt wieder einmal ein Sprichwort. Wo die Glocken hängen, wissen die Leute wohl, sie hören sie nur nicht läuten. Ich selber höre sie in dieser Stunde zum erstenmal in meinem Leben.«

Er nahm sich wieder auf unter diesem Eindruck, daß er zum erstenmal in seinem Leben wirklich die Glocken läuten höre, und rannte hastiger zu, die Fahrgasse hinab, und vor und hinter ihm und zur Seite das Volk von Frankfurt am Main im Kostüm von Anno MD. Sie hätten selbst sich über sich verwundert, die guten Frankfurter, wenn sie sich so gesehen hätten, wie Herr Elard Nürrenberg sie sah: die Herren in pelzverbrämten Mänteln und in Schnabelschuhen, die Damen in Schauben und Goldhauben. Was der dicke österreichische Oberleutnant über sich gedacht haben würde, wenn er sich plötzlich von dem Kopfe bis zu den Füßen schwarz und gelb gestreift und mit einem Zweihänder über der Schulter erblickt haben würde, wollen wir weiter nicht ausmalen. »No, aber der Troddel!« würde er sicherlich ausgerufen haben.

Daß der Heidelberger Professor auch sein Käthchen plötzlich in der Tracht von Fünfzehnhundert erblickte, war selbstverständlich, und sie war reizend – nur zu reizend, sie war zum Küssen drin, und der Ästhetiker lief schneller und ächzte:

»Wenn wir damals gelebt hätten, durch welches lächerliche Ärgernis würden wir uns dann wohl die Verlobungs-, Festtags- und Lebensfesttagsstimmung haben verderben lassen?«

Er schlug im Laufen seine Kollektaneen nach und fand allerlei Gründe, die in jenem Jahrhundert wurzelten und ihn noch untauglicher machten, die Fahrgasse im Jahre 1858 als ein verständiger Mensch zu durchschreiten. Da er nunmehr aber auch den Legationsrat von Nebelung und seinen eigenen Papa, den großherzoglich darmstädtischen Kommerzienrat, in jene Zeit, jene Hosen und Röcke hineindachte, so suchte er nach weiteren Gründen nicht weiter.

Er wurde angerannt, und er rannte an. Man sagte ihm mehrmals, was man über ihn dachte; er aber sagte zu sich selber:

»Das Wahre in der Welt ist doch, halb betrunken gemacht zu sein – zuerst natürlich durch Entzücken, nachher aber auch durch Ärger – und die Welt verschleiert zu sehen. Der richtige Mensch und vor allem der deutsche Mensch gehört nur in den Nebel hinein, in solchen Nebel! Da wird ihm wohl. Wer nicht zwei Leben hat, ist ein armseliger Hund; der Genius aber hat deren neun und klettert an den Hausmauern herauf und geht auf den Dachfirsten wie die Katze. O Käthchen, mein Mädchen, mein zweites Leben. Momentan fühle ich mein Leben dreifach; in dir, in mir, und –«

In diesem Moment wurde er in drei Teufelsnamen von einem erbosten, in die Rippen gepufften Pfahlbürger des zweiundzwanzigsten Mai Achtzehnhundertachtundfünfzig gefragt, welchem Menageriebesitzer er eigentlich von der Kette losgebrochen sei? Und er lachte und antwortete:

»Dem Gott Amor!«

Er zog auch alle seine Literaturkenntnisse herbei, dachte an Lili Schönemann und an Lilis Park. Die Liebe und die Bosheit, die alle neun Musen repräsentieren, jagten ihn in die Poesie, und das alte Frankfurt wurde immer mehr zu jenem Eiland, das Miranda trug, und Prospero, den rechtmäßigen Herzog von Mailand, Ariel, Kaliban und die anderen.

»Er – Wolfgang – hörte auch dieselben Glocken, – und die Frau Rat hörte sie, und Gretchen und Lili hörten sie, und hier gehe ich, und es ist doch der höchste Genuß auf Erden, Deutsch zu verstehen!«

Da hatte er recht. Es ist in der Tat sehr tröstlich, deutsch zu verstehen; zumal wenn man unter dem Pfingstgeläut das große Buch von Wahrheit und Dichtung, das große deutsche Buch menschlicher Erfahrung und Weisheit in Herz und Hirn trägt.

Wir wissen, daß Käthchen und die Tante von ihrer Droschke aus den Papa Nebelung laufen sahen, und wir müssen jetzt sagen, daß es uns viel lieber wäre, wenn sie statt des Legationsrates unseres Freundes Elard ansichtig geworden wären.

Ob das liebe Käthchen den Quasi-Verlobten wohl in seiner gegenwärtigen Stimmung verstanden hätte, wenn sie Kenntnis von ihr gehabt hätte?

Wir bezweifeln das.

Ein junger deutscher Professor aller möglichen Kunstanschauungen, der zugleich natürlich ein Kenner und Wisser aller möglichen Philosophien ist, ist nicht so leicht in seinen Seelenregungen zu begreifen; zumal wenn er sich selber keineswegs vollkommen klar ist und seine Verwirrung im Galopp in die freie Natur hinausträgt. Seine Kollegienhefte tragen freilich nachher die fruchtbringendsten Spuren der Exaltation. Es ist eben nichts fruchtbringender als die Verblüffung der Gelehrten und Poeten. Klares Nachdenken und ruhiges Behagen leisten lange nicht so viel für den Fortschritt sowohl der Wissenschaft wie auch der Poesie.

Unter dem Eindruck, dem Quasi-Schwiegervater nachzurennen, kreuze auch Elard den Main, durchstürmte Sachsenhausen und das Affentor, lief aber dann nicht gerade aus, wie der Rat, sondern bog, von seinem Dämon dirigiert, links ab auf den Weg nach Oberrad. Er lief bis nach Oberrad, immer in der nebeligen Idee, daß das Glück und die Ruhe seiner Lieben davon abhänge, daß er sich dem durchgegangenen Ex-Diplomaten an die Rockschöße klammere, bis zurück in die Hanauer Landstraße und die allgemeine Versöhnung. In

der Idee rannte er eigentlich nur sich selber nach; wie schön der
Abend war, haben wir schon mehrfach Gelegenheit gefunden zu
bemerken; an den ersten Gärten des Dorfes fand Elard es auch von
neuem und trocknete den Schweiß, der zu einem guten Teil leider
der Angstschweiß war, von der Stirn.

»Ist denn die Welt nicht übrig?« fragte der Professor mit jenem,
der den Weg nach Oberrad und dann weiter nach Offenbach seinerzeit ebenfalls so gut kannte und so oft ging:

– – – – – – – – – – – – – – – – – »Felsenwände,
Sind sie nicht mehr gekrönt von heiligen Schatten?
Die Ernte, reift sie nicht? Ein grün Gelände
Zieht sich's nicht hin am Fluß durch Busch und Mat-
ten?
Und wölbt sich nicht das überweltlich Große
Gestaltenreiche, bald gestaltenlose?«

Das war ganz richtig! die Welt war in der Tat noch vorhanden,
und der Professor sah sich um am Himmel und auf der Erde. Der
Himmel war klar und rötlich angehaucht von der sich neigenden
Sonne. Die Erde war grün, und vorzüglich grün erschienen die
Gärten von Oberrad. Vernunft fing wieder an zu sprechen, und ein
verständig Gelüste überkam plötzlich den Ästhetiker. Es gelüstete
ihn nach einer Bank im fröhlichen Schatten und nach einem Tisch
davor. Es gelüstete ihn, die Welt durch *ein* Glas guten Weines an-
zuschauen, und was eben auch nur eine Idee war, machte er zu
einer Realität. Er trat in eins der lustigen Vergnügungslokale – ganz
gegen seine sonstigen Gewohnheiten selbstverständlich – und sein
Dämon klopfte ihm, wahrscheinlich diesmal sehr zufrieden mit
ihm, auf die Schulter.

»Die fürchterlichsten Esel laufen doch unter der Maske eines
Doktors der Philosophie herum; mein Beispiel redet davon«, murmelte er. »Was war ich nur eben? Eine Mücke, plattgequetscht zwischen den Bogen eines uralten Buches, des Buches von der Narrheit
der Menschen. Ein schöner dauerhafter Tröster in Schweinsleder
oder auch in Eselshaut! Sollte ich es zu einem berühmten Namen
bringen, so würde man mich und den heutigen Tag vielleicht noch
nach hundert Jahren darin aufgetrocknet finden.«

Er zitierte von neuem:

»Mit dem Philister stirbt auch sein Ruhm –« doch hier schon brach er ab und meinte:

»Das ist auch ein Irrtum von Schiller. Gewöhnlich ist der Mann Mitglied einer Kammer, einer Landtagsversammlung oder wenigstens Mitglied einer politischen Partei oder des Ausschusses einer Aktiengesellschaft, und dann trägt ihn wie uns die Muse in Mnemosynens Schoß. Es findet sich immer ein Vorsitzender, der die Mitteilung vom Abscheiden des verdienstvollen Mitbürgers und Kollegen macht und auffordert, sich zu seinen Ehren von den Sitzen zu erheben. Die Versammlung tut's, und der Verstorbene hat seine Unsterblichkeit weg.«

Die Gedankenfolge hatte kaum etwas mit Käthchen Nebelung zu schaffen. Der erschöpfte Verlobte saß bereits unter einer Akazie und winkte einen Naturkellner heran.

»Einen Schoppen Eppelwei'?« fragte dieser.

»Nein!« schrie Herr Elard Nürrenberg fast zornig. »Eine Flasche Hochheimer – und rasch! – Äppelwei'?!!«

»O Käthchen, Käthchen?« flüsterte er, und dann kam der edle Trank, der allein der Minute gerecht werden konnte. »Man sollte doch toll werden«, ächzte der Professor, und dann wurde er statt dessen elegisch; gerade um die Zeit, als die Tante Lina sein süßes verweintes Liebchen zwischen die Knie zog, um es einer genaueren Okularinspektion zu unterwerfen. Da er, Elard Nürrenberg, eben die Welt durch das flüssige Gold in seinem Glase betrachtete, so tat er ganz genau das nämliche, was die Tante Lina Nebelung tat: er besah sich noch einmal genau – ganz genau Käthchen Nebelung, und er fand – – – – – bei Eros und Aphrodite, es wäre zu lächerlich, wenn wir uns lange dabei aufhalten und Punkt für Punkt auseinandersetzen wollten, wie er das Universum, alles in allem genommen, fand.

Wenn Fräulein Katharine Nebelung, die Tochter des Legationsrats, Ritter usw. Alexius von Nebelung, nur die geringste Ahnung davon gehabt hätte, wie sie dem Jüngling, dem Gelehrten, dem Idealisten in diesem Augenblick erschien und was alles sie ihm war und gab, so würde sie sich sehr über sich verwundert und wahrscheinlich gerufen haben:

»Nein, aber ist es denn die Möglichkeit?!«

Es war die Möglichkeit; und daß das eben immer wieder die Möglichkeit ist, das erhält die Erde, die Sonne und alle Gestirne im alten Glanz und Licht und wird sie in alle Ewigkeit so erhalten.

Was will das Individuum mit seiner Logik; wenn das Universum verlangt, daß es nach der seinigen lebe und sich halte und richte? – Erst mit Sonnenuntergang kam der wackere Professor von Heidelberg zum vollständigen Wiederbewußtsein seines großherzoglich badischen Unterstellungspatentes und der Vorfälle, die ihn aus der Hanauer Landstraße nach diesem verzauberten Oberrad getrieben hatten.

Da machte er sich auf den Heimweg, und zwar wie jemand, der einen guten Ruf und zwar um seiner selbst willen aufrechtzuerhalten hat. Er ging als ein wenn auch sehr gelehrter und verliebter, so doch nicht unverständiger junger Mann nach Hause.

Achtes Kapitel

Wir gehen mit ihm. Das heißt, nachdem wir dem Legationsrat das Geleit nach der Isenburger Warte gaben, eilen wir dem Professor Nürrenberg voraus auf dem Wege von Oberrad nach Frankfurt und suchen zu erkunden, wie sich Herr Florenz Nürrenberg, der Kommerzienrat, mit der Krisis des Nachmittags abfand. Selbstverständlich auf die allein sachgemäße Weise: er hatte kurzweg die sämtliche Gesellschaft und Freundschaft für eine ausbündige Narrenbande erklärt und sich für das allein vernünftige Wesen unter der ganzen Hetz. Er gebrauchte ein wunderliches Durcheinander ganz vortrefflicher Gleichnisse, die er aus seiner früheren Fabriktätigkeit zu Höchst entnahm, um sich ein schmeichelhaftes Anerkennungsdiplom über seinen Charakter und seine Lebensführung auszustellen.

»Was sollte aus dieser zerfahrenen Welt werden,« sagte er, »wenn die ewige Vorsehung nicht Unsereinen als Deckblatt für diese Pfälzer Havannas, für diese schöne deutsche Nation auf Lager hielte! Wir sind es, die das närrische Gesindel, die Gesellschaft, zusammenhalten. Wir geben dem Zigarro den Duft! Auf uns allein verläßt sich der Fabrikherr, der liebe Herrgott. O, der kennt seine Kisten und seine Fabrikation! Der weiß uns zu taxieren. Da ist nun die alte Rippe, dieser Nebelung – manch liebes langes Jahr rauche ich nun schon an dem Tabak, und immer bleibt mir ein Philister für den anderen Morgen übrig. Und dann das seltsame Produkt, mein ästhetischer Herr Sohn, – auch ein feines Kraut! Daß ich es an der rechten Brühe dafür hätte fehlen lassen, kann mir kein Mensch vorwerfen. Und nun dieses Käthchen – ganz das Blatt, welches in eine Damenzigarre gehört; – zu Knaster verschnitten etwas leicht, aber angenehm; – na, das ist denn meines Professors Sache, wie sich das Ding raucht. Auf das Deckblatt kommt es allein an: fürs Ganze bin ich's hier in der Hanauer Landstraße; aber im einzelnen, – Donnerwetter, da bin ich mit meinen Komparationen doch am Rande, und wenn mir jetzo mein Philosophikus zur Hand wäre und ich ersuchte ihn, fortzufahren, so würde er in die Skulptur, Mythologie, Malerei, Poesie oder dergleichen auf der Stelle hineinfallen und mich noch konfuser machen, als ich schon bin. Hm, jetzt soll mich nur wundern, welch ein Arom die überseeische Tante mit sich bringt. Hm, ich habe gar nichts gegen eine gute Virginia einzuwenden, den Strohhalm möchte ich nur nicht gern für andere Leute drin spielen. Nun, wir wollen's abwarten, ganz ruhig abwarten.«

Das war alles hinter der Oberpostamtszeitung hergesprochen; aber weder der politische Inhalt des Blattes, noch die Kursberichte wurden dem Biedermann in der Jasminlaube heute so deutlich wie an anderen Tagen. Er schob das auf die Muse der Geschichtsschreibung und brummte: »Daß gestern draußen rund um den Erdball gar nichts passiert sein sollte, kann ich mir nicht vorstellen; der Blättleschreiber hat's nur eben nicht erfahren.«

Er gähnte und warf das Blatt auf den Tisch –

»Hm, hm, hm!« murmelte er, auf seinem Stuhle sich hin und her wiegend und schiebend. Aber plötzlich verzog sich sein Mund in ein schlaues Lächeln; er sagte noch einmal Hm! aber in einem ganz anderen Tone; griff rasch in die rechte Hosentasche und brachte einen Schlüssel mit einem ledernen Riemchen zum Vorschein. Diesen Schlüssel beäugelte er einen Augenblick zärtlich, wackelte dann ins Haus, um nach zehn Minuten wieder zum Vorschein zu kommen, eine verstaubte Flasche in der einen Hand und einen grünen Römer in der anderen.

»Nur der Aufregung wegen und der Einsamkeit!« sprach er, wie zu seiner Entschuldigung. »Geärgert hab' ich mich doch, wenn auch nur im stillen, und ein Gläsle Rüdesheimer wird mir vielleicht nicht schaden. Auf die Ankunft der Tante muß ich doch auch warten – da hat man besser die Waffen zur Hand.«

Liebevoll stellte er die Flasche wieder auf dem Tische, in der linken Hosentasche nach dem Pfropfenzieher fahndend. »Was mein Bub jetzt da drüben tut und was er der Kleinen vorträgt – – geht mich nichts an; aber was ich auf den Skandal jetzo tue, das weiß ich, und was ich mir mitzuteilen habe, desgleichen.«

Er hatte bereits die Flaschen zwischen den Knien, und sich selbst von neuem Beifall nickend, setzte er das Instrument an. Schwer kam der Kork, doch er kam; stöhnend setzte sich der Kommerzienrat und Patrizius von Rottweil, schenkte das Glas voll, kostete, nickte dem Weinchen seinen Beifall und rief:

»Hoch sämtliche Alexiusse und Heringe in der Welt und im Weltmeer! Vivat Alexius der Dreizehnte! Vivat Alexius von Nebelung, mein Herr Bruder und meiner Schwiegertochter Papa!«

Schon dieses Wortes bei dieser Gelegenheit wegen haben wir den Mann hochzuachten; nein, das ist ungenügend: wir haben ihn zu lieben, und wir lieben ihn auch und stellen ihn allen übrigen Kommerzienräten, Tabaksfabrikanten, Blumenzüchtern, Weinkennern, Nachbarn, Vätern und Schwiegervätern als Muster hin.

Der alte Musterknabe sah den Legationsrat fortrennen und sah ihm nach. Er sah seinen Elard springen und laufen und sah Käthchen Nebelung nach dem Main-Weser-Bahnhof abfahren. Mit seiner Oberpostamtszeitung , seinen Kaffeeläusen, seiner Pfeife und seiner Flasche hob er sich nur etwas mehr in die Höhe, stieg empor in den wonnigen Abendhimmel und stellte sich als seine eigene Jury das Verdikt aus:

»Unschuldig an der Narrheit der anderen.«

Auf die Rückkehr der kleinen Nachbarin nebst der überseeischen Tante mit dem unbekannten Arom paßte er aber in größerer Unruhe, als sonst in seiner Konstitution und Gemütsverfassung lag. Er sah sie vorfahren, er sah die Tante Lina auf dem Balkon des Hauses gegenüber; er besah sie genau durch das Opernglas, und dann – machte er es wie sein Herr Sohn in Oberrad, er beäugelte den Himmel und die Erde durch ein ander Glas, und die Welt schien sich darüber zu freuen, daß er – er wenigstens noch in ihr vorkommen könne. Sie lachte ihn an und nickte ihm mütterlich zu, und er nickte vertraulich ihr wieder zu. Literar-historische, ästhetische oder sonst in die Kunstfächer einschlagende Bemerkungen machte er nicht, aber er meinte:

»Wenn sich alle Menschen hier unten so gut amüsierten wie ich, dann meldete ich mich heute abend noch als Prätendente für den ersten vakanten Herrscherthron und wollte regieren, daß es eine Art hätte. Na, das sollte einen Vater des Vaterlandes geben, nicht wahr, mein Sohn Florens? So aber, wie's ist, mag sich meinetwegen das Volk konstituieren, wie's will; ich für meinen Teil danke für Zepter und Krone oder den Präsidentenstuhl. Da trete ich doch lieber dem Nachbar Nebelung alle Ansprüche auf eine welthistorische Stellung ab. Der hat sich doch schon hereingearbeitet und weiß mit dem Käs umzugehen und fertig zu werden. Hier sitze ich und muß sagen, das Weinle ist ein gutes Weinle, und der Elard, wenn er gleich ein Blitznarr ist, ist doch nicht so übel, und das Kindle drüben, das Kätherle – na, eigentlich sollt' ich's nicht laut werden lassen, aber es gefällt mir im ganzen ebensogut wie dem Buben, dem Professor. Na, da verstehe ich mich am Ende ebensogut wie der Heidelberger Präzeptor auf die Ästhetik und habe doch nicht in der Beziehung meinem Vater so ein horrendes Geld gekostet, wie mein gelehrter Sprößling mir. Ho, dazu braucht man nicht nach Rom und Griechenland zu gehen, um die Kunst zu lernen, es herauszufinden, wenn seine kleine Nachbarin hübsch ist. Mit gutem Willen und einer Dosis Mutterwitz hab' ich die Wissenschaft auch in Höchst gelernt, und da er, dieser Elard, die Frucht meiner Studien ist, so – hat er bis jetzt auch noch nicht gewagt, von diesem Griechen- und Römertum aus auf meine natürliche schwäbische Begabung herabzusehen. Ich wollte es ihm übrigens auch nicht geraten haben! Hm, hm, ich habe, bei Gott, wüstere Tanten in meinem Dasein gesehen, als da eben auf dem Balkon stand. Was tue ich nun? Lasse ich den alten Kater, den Legationsrat, nach Hause kommen und die erste Wiedersehensrührung vorbeigehen, ohne dabei gewesen zu sein, so garantiere ich mir einen dreiwochenlangen Muff und obligates Regenwetter. Auch den beiden Kindern werden sicherlich diese drei Wochen ihrer kurzen Jugend durch das gelbgraue diplomatische Reibeisen verraspelt, und die Tante – der Tante werde ich, ohne mich verteidigen zu können, in das allerschauderöseste Licht gestellt. Sie kriegt einen unmotivierten Ekel unbekannterweise von mir. – Holla, holla, Florens Nürrenberg, jetzt gilt es liebenswürdig zu sein und diesem diplomatischen Märzhasen eins auf den Pelz zu brennen, das heißt, ihm bei seiner Nachhausekunft, wie er es nennt, ein fait accompli vorzuführen oder, wie ich es nenne, ihm höflich eine lange Nase zu drehen.«

Ein ganzes Gelegenheitsarsenal trug dieser Anwohner der Hanauer Landstraße bei sich. Schon hatte er wiederum in die Tasche gegriffen und diesmal ein krumm Heilbronner Gartenmesser hervorgeholt.

»Gestern, heute morgen hätte mir einer zehn Gulden bieten können, und ich hätte die Sträuche nicht angerührt« murmelte er, zwischen seinen Beeten auf und ab wandelnd. »Den bunten Ausschuß haben sie schon drüben zu Kränzen und Girlanden; aber jetzt schicke ich ihr persönlich ein Musterbukett; ha, ha, einen Selam schicke ich ihr als abgefeimter alter Araber, und wenn sie den nicht versteht und beantwortet, wie ich's erwarte, so tun mir freilich meine Lieblinge leid, und der Rest mag meinethalben gleichfalls verregnen.«

Er stellte einen Strauß zusammen, der sich in der Tat sehen lassen konnte, und summte dazu, in sich hinein lachend:

>»An Alexis send' ich dich,
Er wird, Rose, dich nun pflegen –«

dann verfügte er sich mit den »Kindern Florens« in das Haus, um sich von seiner Frau Drißler ein blaues oder rotes seidenes Band zur Schleife zu erbitten.

»Einen wahren Greuel der Verwüstung hab' ich angerichtet«, seufzte er, mit einem etwas kläglichen Blicke von der Treppe der Tür auf den Garten zurücksehend. »Wenn nun die Alte als eine alte Schachtel ausfällt, und gar noch mit Yankee-Verschluß und Lackanstrich, dann erklär' ich mich gleichfalls für lackiert, denn was bleibt mir noch übrig als die Kaktuszucht, an der allein auch kein Mensch sein alleiniges Genügen haben kann.«

Madame Drißler hatte ihm außer dem seidenen Band auch die Botin in der Person des jungen schmucken Hausmädchens zur Verfügung zu stellen, und der Kommerzienrat versäumte es nicht, der Kleinen unter das Kinn zu greifen, während sie sich schnell ein weißes Schürzchen vorband und er ihr die Bestellung ausdeutete und auf das Genaueste eintrichterte.

»Du weißt also jetzt, was du zu sagen hast, Liesle?«

»Ei freilich! Der Herr Rat freuten sich arg, daß das gnädige Fräulein glücklich angelangt seien. Und was das übrige Vorgefallene anbetreffe, so lasse er sich keine grauen Haare drum wachsen. Der Herr Kommerzienrat wollten sich nur was anziehen und dann kämen Sie gleich.«

»Beinahe ganz richtig, Liesle, aber doch nicht ganz! Sie – das gnädige Fräulein – solle sich keine grauen Haare um das Vorgefallene wachsen lassen und sich's nicht zu Gemüte ziehen, es käme schon alles ins gleiche. – Hm, Madame Drißler, kann ich der Dame *d a s ,* ich meine das von den grauen Haaren, hinüber sagen lassen?«

»Geh nur, Mädle, mach nur fort und schwätz, wie dir der Schnabel gewachsen ist; aber das rat' ich dir, daß du dich nicht festschwätzest da drüben, sondern mir auf der Stell' wieder riwwer bist!« sprach die gestrenge Frau Aja; und der Herr des Hauses strich mit der Hand über sein stahlgraues Haupt und schlich ein wenig geduckter, als er gekommen war, zurück in seine Gartenlaube zu seinem Rüdesheimer und blinzelte dem Liesle und seinem Blumenstrauße durch das Gitter und Gezweig nach.

Neuntes Kapitel

Es war die Zeit nicht fern, wo der ruhige Bürger sittsam zu Frau und Kindern nach Hause geht, der unruhige in seine Stammkneipe; aber der ganz wilde von Kneipe zu Kneipe. Die Tante Lina hat sich nicht nur gewaschen, sondern auch gekämmt, und trat erfrischt, in grauer Seide, aus der ihr angewiesenen Kemenate.

Vor einer Viertelstunde hatte ihr Käthchen des Nachbars Musterstrauß in die Tür gereicht mit den Worten:

»Wir sollten uns keine grauen Haare darum wachsen lassen. Wahrscheinlich meint er des Papas Weglaufen. Er ist doch sehr freundlich, der Herr Kommerzienrat; mein armer Papa ist meistens auch sehr gut –«

»Aber viel zu sehr ein Nebelung, um so rasch das Schmollen aufzugeben und sich herzlich und gutmütig zu fassen. Bitte, Kind, laß dem Herrn Nachbar vorerst meinen besten Dank und Gruß zurücksagen. Was wir weiter zu tun haben, werden wir uns überlegen.«

Und die Tante ging der Welt von neuem auf mit dem Strauße des Nachbars Nürrenberg in der Hand.

Die letzten Strahlen der sinkenden Sonne trafen sie; im Salon wartete der Teetisch auf sie; sie aber – die Tante, stand zum zweiten Male auf dem Balkon und sah sich um nach dem Kavalier jenseits der Hanauer Landstraße, und der Kavalier konnte nicht umhin, sich zu zeigen.

Er trat heraus und nahm das Hauskäppchen ab, verbeugte sich und legte sogar die Hand auf das Herz. Die Tante verneigte sich gleichfalls und drückte die Blumen an die Nase.

Obgleich der Kommerzienrat nun höflichkeitshalber seinen Operngucker nicht benutzen durfte, erkannte er doch trotz der Entfernung die Lage der Dinge.

»Bei Allah, sie versteht meinen Selam! Sie macht sich nicht so leicht lächerlich als ihr Bruder! Es ist eine Dame, die Vernunft annimmt. Na, recht lieb ist das mir, alles in allem genommen.«

»Wenn es dir nun gefällig ist, Tantchen?!« flötete Käthchen im Gemache, und es war der Tante Lina gefällig. Sie verneigte sich nochmals gegen den zartgefühligen Nachbar und trat zurück durch die Balkontür.

»Da sitzen wir denn alleine – o es ist eine Schande, und der Braten wird auch verbrennen – die Köchin hat schon gefragt, was sich der Papa eigentlich dächte!« rief Käthchen weinerlich. »Am Ende tut er sich gar noch ein Leid an, und sie bringen ihn uns naß aus dem Main ins Haus. Jetzt, wo wir hier uns so ruhig hinsetzen wollen, fällt mir das auch noch zentnerschwer aufs Herz.«

Lächelnd erwiderte die Tante:

»Naß aus dem Main? Meinen Bruder? Meinen Bruder Alex mit einem Stein hinten in jeder Rocktasche aus dem Wasser? Na, Kind, da kennst du die Nebelungen nicht, obgleich du ihren Namen gleichfalls trägst. In das Wasser geht kein Nebelung aus Zorn – den läßt er ruhig und giftig an seiner nächsten Umgebung aus. Ja, ganz ruhig trotz allen äußerlichen Gebärden, Sprüngen und Verrenkungen. Ein Nebelung, der in seiner Wut sich umbrächte, würde dadurch nur zugestehen, daß er unrecht habe, und das tut kein Nebelung.«

»Aber Tante – Liebe Tante –«

»Es ist so, mein Mädchen, – verlaß dich darauf, ich habe zwanzig Jahre in der Fremde darüber nachgedacht. Und jetzt – nochmals – ich freue mich unendlich, hier in Frankfurt bei euch zu sein. Du gefällst mir, und der Empfang, den mir das Schicksal bereitet hat, bringt sicherlich meinen guten Humor nicht um. Und weißt du, jetzt mache ich den ersten Gebrauch von meinem Rechte als Erbtante und lade mir *meinen* Freund, diesen guten Nachbar Nürrenberg, zu diesem Tee ein. Ziehe doch einmal die Glocke und laß die Jungfer hereinkommen.«

»Aber Tante –?«

Nun ja, und wenn der Mr. Elard wieder nach Hause kommt, kann er ja nachkommen.«

»O Tante Lina! Denke doch –«

In diesem Augenblick erschien die Jungfer in der Pforte, ohne herbeigeläutet worden zu sein, und meldete:

»Da ist das Liesle von drüben zum zweitenmal und frägt an, ob der Herr Kommerzienrat so spät noch die Ehre haben könne, den Damen aufzuwarten. Er hat dem Liesle die Bestellung diesmal auf ein Papier geschrieben und sie liest's ab.«

»Wenn der Mann Präsident der Vereinigten Staaten von Amerika werden will, so gebe ich ihm nicht nur meine Stimme, sondern ich verschaffe ihm überhaupt die Majorität!« rief die Tante, auf ihrem Sessel sich gegen die Dienerin wendend. »Augenblicklich soll das Liesle bestellen, der Herr wäre uns recht herzlich willkommen, und Miß Lina Nebelung ließe ihm im besonderen sagen, er möge sich nur beeilen, der Tee werde kalt.«

Die Jungfer verschwand, und die amerikanische Tante, sich zu der deutschen Nichte wendend, sprach:

»Du, dieser Nachbar hat sich das Wort darauf gegeben, sich und das deutsche Vaterland mir sofort bei meiner Ankunft von der liebenswürdigsten Seite zu zeigen!«

Das war in der Tat, wie wir wissen, die Absicht dieses Nachbars gewesen, und wir wenden uns nunmehr noch einmal zu ihm, um die Vorgänge in seiner biedern Seele bis zu diesem Augenblicke in ihrer Entwicklung uns deutlich zu machen. Da er gottlob! eine gänzlich unfaustische und unmephistophelische Natur war, so kostet das wahrlich keine Mühe; und hätten wir ihn nicht so gern, so würde es uns sicherlich schon genügen, bei seinem Eintritt in den Salon des Hauses Nebelung gegenwärtig zu sein.

Nachdem er seinen Monstre- und Musterstrauß bis in die Haustür drüben verfolgt hatte, war ihm der Rüdesheimer bis zur Rückkehr seines Liesle nicht zuwider. Im Gegenteil, da ihn sein Gewissen lobte, erschien ihm das Weinle sogar noch süffiger. Mit vollen Zügen zog der alte muntere Kenner seine Belohnung in sich hinein.

Nun kam Liesle mit dem Gruße und Dank der Tante Lina und gab ihre Notizen dazu zum besten:

»Hu, sieht das da drüben aus! Die fremde Dame hab' ich nicht gesehen, aber Fräulein hat mich angesehen aus Augen wie gekochte Krebse; und sie hielt sich kaum noch auf den Beinen! Ach, Herr Rat, Herr Kommerzienrat, und die Nanny sagt, ein Unglück gäb's doch noch, und unser Herr Professor sei auch nicht ohne seine Gründe so schnell weggelaufen. Erst haben die beiden jungen Herrschaften sehr schön miteinander getan, aber dann haben sie sich auch verunzürnt, und unser Herr Professor hat auf der Treppe vom Fluch der Väter oder vom Mutterfluch gesprochen – ganz wie im Theater! Und das Fräulein ist in der Droschke ohnmächtig geworden und hat dem Kutscher zugerufen, er solle sie in den Main fahren. Von der Tante weiß Nanny noch nichts Schlimmes; aber Augen hat sie auch gemacht, und das Hauptunglück, meint Nanny, kommt erst, wenn der Herr Legationsrat nach Hause kommt.«

»Donnerwetter, jetzt wird's mir aber zu bunt!« rief der alte Patrizier, auf den Tisch schlagend. »Scher dich ins Haus, Mädle, aber halt' dich parat, vielleicht verschick ich dich noch mal. – Sapperment, so verderben sie mir doch das ganze Fest! Es kann der Beste nicht im Frieden leben, wenn es dem bösen Nachbar nicht gefällt, schreibt mein Landsmann Schiller, und recht hat er. Was tue ich nun, um die Dinge noch ins rechte Geleise zu bringen? Tue ich das Äußerste? Gehe ich selber 'nüber?«

Er war beim letzten Glase – und jetzt war die Flasche Rüdesheimer auch gewesen. Herr Florens stand auf, stemmte die Arme in die Seiten und sagte:

»Wenn's mir so gelänge, wär's ein Triumph, an dem ich ein Jahrhundert zu zehren hätte. Zum Abendessen hat er mich ja eingeladen, und zurück hat er die Invitation nicht genommen. He, he, wenn ich ihn so unterkriege mit Hilfe der Tante, sollte er mir nur noch mal kommen mit seinem – seligen Landesvater. Bei den Frankfurter Pfingstglocken, ich stelle mich der Tante persönlich vor, erobere ihr Herz im Sturme, bringe die beiden Kinder endlich fest zusammen und fresse mich so fest da drüben, daß zehn Legationsräte außer Dienst mich nicht vom Tische bringen sollen. Herrgott von Blaubeuren, so soll es sein, und jetzt wünsche ich nur, daß der verrückte Herr Nachbar nicht vor zehn Uhr heimkommt; nachher mag er verzehnfacht anrücken.«

Ohne sich noch die geringste Zeit zu besserem Besinnen zu gönnen, sprang er mit schier ebenso großer Behendigkeit ins Haus wie vorhin sein Sohn. Zappelnd vor Eilfertigkeit fuhr er in sein stattliches Gesellschaftskostüm und brachte seine Haushälterin, die Frau Drißler, fast ums Leben durch die Fieberhaftigkeit, mit der er nach allen möglichen notwendigen Toilettengegenständen schrie und suchte. Dazwischen wurde Liesle zum zweiten Male über die Gasse mit der bekannten Anfrage in das Haus Nebelung gesendet und kam mit der uns gleichfalls bekannten Antwort der Tante zurück. Frisch war die Tante aus ihrer Kammer getreten: als der Kommerzienrat Herr Florens Nürrenberg aus der seinigen hervorging, glänzete er.

Mit einer Rosenknospe im Knopfloch über dem weiß emaillierten, rot eingefaßten Malteserkreuz des großherzoglich hessischen Verdienstordens, dicht über der Inschrift: Gott, Ehre und Vaterland, dicht über dem schwarzroten Bande, durchschritt er den Garten, kehrte an der Pforte aber noch einmal um und – irrte sich.

Er glaubte in der Flasche einen Rest zurückgelassen zu haben, und als nun die letzten Tropfen in den Römer träufelte und die Flasche wieder hinsetzte, murmelte er:

»Der Elard wird sich auch wieder einmal über seinen Papa verwundern. Er läßt das immer noch nicht, obgleich er doch nun schon seit einer geraumen Reihe von Jahren das Vergnügen hat, ihn zu kennen.«

Nun schritt er gravitätisch, an der Krawatte zupfend, über den knirschenden Sand und überhüpfte dann in einem munteren Kurztritt die staubige Straße. Madame Drißler aber erschien in der in den Garten führenden weinlaubumsponnenen Hauspforte, stemmte ihrerseits beide Hände in die Hüften und sprach:

»Seit er sich vor einem Jahr als wohlkonservierter Witwer in die Zeitung setzte mit achttausend Gulden jährlichen Einkommens und einem versorgten Kinde – was unser Professor war – und wegen Schüchternheit und Mangel an Damenbekanntschaft sich aus Spaß eine Photographiesammlung anlegte und oben in seiner Stube sechs dicke Albums voll hat, sah er mir nicht so verdächtig aus. Die Alte da drüben, die sie heute den ganzen Tag erwartet haben, mag sich nur in acht nehmen; – ich sage nichts!«

Zehntes Kapitel

Jetzt war es aber wirklich Dämmerung geworden, und die bleibt es nunmehr, und späterhin wird's sogar Nacht. Im sanften Grau lagen die Gefilde, und vom Lerchesberg, von der Isenburger Warte herab, schritt Fritze Hessenberg Arm in Arm mit dem noch immer wie im Traume trippelnden Legationsrat Alex von Nebelung auf Sachsenhausen zu. Teilweise hatten sie sich natürlich bereits gegeneinander ausgesprochen; allein lange noch nicht genug.

»Du hast dich also wirklich verheiratet und bist jetzt Vater von mehreren erwachsenen Kindern?!« stöhnte der Rat.

»Und wie!« ächzte Fritz. »Eigentlich solltest du drauf nicht zurückkommen; – Sapperlot, hätte mich dies kuriose Wiederfinden nicht so barbarisch sanft und weich gestimmt, so könnte ich da grob werden. Freilich hab' ich mich verheiratet, und erwachsene Kinder hab' ich auch. Hu, das waren Jahre! Wenn je einer den braven Laokoon und seine Söhne in Fleisch und Blut vorgestellt hat, so bin ich das mit meinen beiden Jungen zwischen meiner Frau und meiner Schwiegermutter gewesen, und du und deine Eltern und eure hochselige Hoheit, ihr waret einzig und allein schuld daran! O, ich wäre der Mann gewesen, den Kunstverständigen die Frage zu lösen, ob der bedrängte alte Trojaner in seiner Not wirklich schreie oder nur den Mund aufsperre.«

»Und deine Gattin ist leider gestorben?«

»Jawohl, die Gute hat mich allein gelassen in der Welt.«

»Deine Kinder –«

»O, die hab' ich alle untergebracht, alter Kerl!« rief der wackere Fritz, aus dem Ton mürrischer Verstimmung in den der höchsten Zufriedenheit übergehend. »Was die beiden Jungen anbetrifft, so haben mir die niemals die geringste Sorge gemacht. Sie fielen von einem Stamme, der keine Holzäpfel trägt, und es tut mir nur leid, daß ihr Großvater väterlicher Seite, mein Alter nämlich, sie nicht kennen gelernt hat. Der würde sich die Hände gerieben haben, wenn er gesehen hätte, wie seine Erziehungsprinzipien auch noch in der zweiten Generation Früchte trugen. Selbstverständlich habe ich die zwei Schlingel nach seinen Maximen erzogen. Wenn solch ein Bengel nur nicht stiehlt, lügt oder gar ein feiger Hund ist, so ist's ganz gleichgültig, was aus ihm wird. Auch mit dem Krepieren auf dem Stroh ist's nicht so schlimm, wie die Frau Mütter sich gewöhnlich einbilden. Jeder, der sich als einen rechten Mann schätzt, hat das wohl schon in seiner eigenen Seele erfahren, daß es ihm ungeheuer einerlei scheint, auf was für ein Material ihn sein Schicksal beim letzten Schnappen bettet. Aber die Mädchen – ja mit den Mädchen ist's eine andere Sache! Nun, das meinige hab' ich, sowie es neunzehn Jahre alt war, und das war im vorigen Winter, glücklich einem braven Kerl in Straßburg aufgehängt, und der mag nun sehen, wie er mit der wilden Hummel fertig wird. Ich hab's ja auch mit ihrer Mama ausgehalten.«

»Hessenberg, wenn ich dich reden höre, so möchte ich fast zweifeln, ob wir hier wirklich auf dem Gebiet der freien Stadt Frankfurt gehen, – ob wir nicht beide träumen –«

»Was dich angeht, so hattest du zum Träumen in deiner Jugend keine Anlage. Als ihr mich damals dingfest machtet, hab' ich mein wahres Wunder über deine Aufgewecktheit gehabt. – Du verstandest es mit offenen Augen und Ohren ein Protokoll zu führen.«

Der Legationsrat von Nebelung ließ auf dieses gutmütig munter gesprochene Wort die Ohren ein wenig sehr sinken.

»Lieber Friedrich,« stotterte er, »es ist eine lange Zeit seit jenen unangenehmen, mir auch – du kannst es mir glauben – jenen auch mir sehr verdrießlichen Tagen hingegangen.«

»Da hast du recht, Alter!« sagte der voreinstige Vaterlandsverräter. »Schlagen wir dieses Faß zu; mir liegt nicht das geringste an dem Geruch, der einem daraus in die Nase steigt. Übrigens hat ja auch das Fatum meine Sache in die Hand genommen. 0x0burg existiert nicht mehr, und ich bin noch da und Lohgerber zu Romanshorn in der freien Schweiz.«

»Lohgerber? – Lohgerber?!« rief der Legationsrat. »Ja entschuldige, daß ich darauf noch einmal hindeute. Ist es denn wirklich war? Ist es möglich? Hast du in der Tat die Jurisprudenz, die Wissenschaft aufgegeben? Hast du in Wahrheit die Loh – Tannerie zu deinem Studium und Lebensberuf gemacht? Es ist mir fast unmöglich, daran zu glauben, mein guter Friedrich!«

Der gute Friedrich blieb stehen, um seinen breiten Lungen einen noch bequemeren Spielraum für das jetzt aus ihnen vorbrechende Gelächter bieten zu können.

»Verlaß dich auf deine Nase!« brüllte er. »Rieche mich an, – rieche mich dreist an und ziehe die schauderhafte Gewißheit durch deine Geruchsorgane in dich hinein! Riechst du's mir nun ab?«

»Rieche ich es dir nun ab?« stammelte der verstörte Diplomat.

»Hast du es mir abgerochen?«

»Abgerochen?!« hallte wie ein schwächliches Echo der Legationsrat und Inhaber des Alexiusordens nach.

»Gut; dann beruhige dich in der furchtbaren Überzeugung, daß es sich so verhält, wie ich dir schon da droben vor dem alten Turm sagte. Sonst aber habe ich nicht die Jurisprudenz aufgegeben, sondern sie mich, und du hast das Protokoll dabei geführt. Lohgerber bin ich geworden, Lohgerber bin ich, und die Lohgerberei war mein innerster Beruf. Mein Glück aber war's, daß mich euer wahrscheinlich eigens zu diesem Behuf in die Welt gesetzter Untersuchungsrichter mit der Nase drauf stieß. Was sind ein paar Jahre Festung, wenn man dadurch auf das Handwerk hingewiesen wird, zu dem einen Gott der Herr erschaffen hat? Ja, der Herrgott hat's gut mit mir gemeint. Er wußte, daß ich in dieser nichtswürdigen Welt notwendig mit dem Rind- und anderem Vieh in Konflikt geraten müsse, und so wies er mich in seiner Güte auf die Häute, und ich habe meinen Groll an manchem Ochsen ausgelassen und meine Wut an manchem Eselfelle vergerbt.«

»Ganz der alte Fritz Hessenberg!« murmelte der Legationsrat, und der breitschulterige Weggenosse fing das Wort grinsend auf und sprach:

»Natürlich! Wem zuliebe sollt' ich denn anders werden? Um euch etwa? Um euer Kuckucksnest, eure Durchlaucht, euer Kriminalgericht und was sonst drum und dran hängt? Das glaubt ihr doch wohl selber nicht. Sieh' – deiner Schwester war ich recht, wie ich war; auf ihren Wunsch hätte ich meine eigene Haut, wohin sie wollte, zu Markte getragen. Ihr übrigen aber – bah, laß uns davon lieber abbrechen; es verstimmt mich selbst heute als Witwer und Vater von drei erwachsenen Kindern noch, wenn ich daran denke; wie ihr mich und die arme Lina schikaniert habt.«

Der Legationsrat hatte die Hälfte des halben Schoppen Apfelweins auf dem Tische der Isenburger Warte stehen lassen. Das Getränk konnte es also nicht sein, was ihm plötzlich so scharf durch den Leib und die Seele schnitt. Lina? Lina! Und sie saß ja jetzt drunten in Frankfurt vor dem Allerheiligentor, und er – Alexius Nebelung – wußte, daß er auch heute wieder eigentlich schändlich an der Schwester gehandelt habe, und daß auch er – in dieser Beziehung wenigstens – der Alte geblieben sei.

Er griff sich an den Busen, und nur um sich auf das Notdürftigste einen Halt zu geben, fragte er:

»Sonst aber geht es dir hoffentlich wohl und nach Wunsche, mein guter Friedrich?«

»Wie ich es verdiene. Umgekehrt wie dem bösen Friedrich im Struwwelpeter. Der arme Hund, den ihr aus dem Tempel jagtet, hat sich zu Tische gesetzt, die Serviette umgebunden und –

     – – – ißt die gute Leberwurst
     Und trinkt den Wein für seinen Durst.

Was eure große Peitsche anbetrifft, die ihr ihm so trefflich zu kosten gabt, so hat er sich auch da das famose Bilderbuch eures Frankfurter Doktors zum Exempel genommen. Er hat –

     – – – – – – – – – – sie mitgebracht
     Und nimmt sie sorglich sehr in acht.«

»He, he, he – hi!« kicherte der Diplomat und versuchte es nochmals, zu tun, als ob er sich seinerseits augenblicklich sehr wohl und behaglich fühle. Es gelang ihm aber nicht ganz nach Wunsch.

Der brave Lohgerber Fritze Hessenberg aber lachte einige bereits zur Nachtruhe in die Bäume gefallene Vögel aus dem Gezweige auf und rief:

»Ein hübsches Vermögen hab’ ich im Laufe der Jahre gemacht, und wenn du dich hast pensionieren lassen, so hab’ ich mich nun selber pensioniert. Drüben in Romanshorn hab' ich mein Geschäft mit der Aussicht auf den durchlauchtigsten Deutschen Bund jenseits des Sees. Mein Ältester führt da die Regierung zwischen den Fellen und Gruben; und ich habe mir nur die Reisen vorbehalten, von wegen des vergnüglichen Bummelns; und einer Geschäftsfahrt halben nächtige ich auch heute da unten in Sachsenhausen. Es ist das erstemal, daß ich hier in die Gegend gerate. Am liebsten gehe ich nämlich den Eichenwäldern nach, denn dieser Baum stimmt immer noch mit mir; heute jedoch mehr meines Gewerbes als meiner patriotischen Jugendgefühle wegen; denn was für unsereinen eine richtige Borke bedeutet, davon hast du auch keinen Begriff. Für solch eine Diplomatenhaut, solch ein Bundesgesandtenfell gehört freilich eine ganz besondere Lohe. Na, es wird wohl mal auch in Deutschland der Gerber kommen, der mit euch umzugehen versteht; und, weißt du, es schwant mir, als müsse das einer aus eurer eigenen netten Gesellschaft sein, so einer, der den Klüngel aus dem Grunde versteht. Ich habe mich für dies Geschäfte für inkompetent erklärt von der Zeit an, wo ich mich auf mein jetziges Handwerk warf und die Finessen und Schwierigkeiten davon begreifen lernte.«

»Aber lieber Friedrich –«

»Nur ganz stille, lieber Alter. Du solltest dich am ersten freuen, daß mit den Jahren auch der politische Verstand zunimmt. Ohne dieses hätte ich dich doch von Rechts wegen hier auf der Darmstädter Chaussee, auf der offenen Landstraße, durchgerben müssen. Sacro-sanctus, eine unverletzliche Person bist du ja seit dem Abscheiden unseres gemeinschaftlichen Landesherrn wohl nicht mehr?«

»Hessenberg, ich bitte, ich beschwöre dich –«

»Das hast du gar nicht mehr nötig, mein lieber Junge«, sagte der Romanshorner, dem schwankenden Legationsrat wieder einmal und zwar noch gemütlicher auf die Schulter klopfend. »Der Kanton Thurgau schätzt mich als einen seiner ruhigsten und stillvergnügtesten Bürger. In Sachsenhausen trinken wir noch einen Schoppen Echten mitsammen, und du erzählst mir dann von deinem Leben und deinen Zuständen und vor allem von – von – deiner Schwester – deiner guten Schwester Linchen. Nicht wahr, du nimmst einmal kein Blatt vor den Mund, du gehst einmal ganz frei mit der Sprache heraus. Ich sage dir, wenn du wüßtest, wie weich mir augenblicklich zumute ist, du würdest mich nicht fortwährend so scheu von der Seite ansehen. Ich bin ein grauköpfiger Bursche geworden, ich bin Schwiegervater und werde demnächst auch wohl Großvater werden; aber seit ich unter dem alten Gemäuer da hinter uns an dich anrannte, bin ich der Gegenwart so entrückt, daß man mich dreist deswegen unter Kuratel stellen dürfte!«

»Es ist auch eine Phantasmagorie«, murmelte der Legationsrat. »Auch mir fehlt aller Boden unter den Füßen. Großer Gott, und ich war immer ein exakter Mensch, der langsam, aber sicher ging, und nun ist alles in Unordnung und Verwirrung! O die Schwester! die Schwester! die gute Karoline!«

»Was ist mit der Karoline?« schrie Hessenberg, mit einem Ruck den Begleiter anhaltend, »du kommst mir nicht von der Stelle, ehe du mir gesagt hast, was ihr wieder mit Lina angefangen habt!«

»Wir? Nichts! Ich versichere dich, Friedrich«, schrillte der Rat. »Aber sie soll heute nach zwanzigjähriger Abwesenheit von Deutschland aus Amerika zurückkommen. Sie hatte sich längst angemeldet, und wir erwarteten sie in vollkommenster Harmonie und Herzlichkeit, – Käthchen und ich, und der Kommerzienrat, mein Nachbar Nürrenberg, und dessen Sohn Elard. Ich bin wochenlang umhergegangen und habe darüber nachgedacht, wie man der Guten von jetzt an das Leben bei uns behaglicher machen könne. Wir freuten uns alle so sehr auf sie, und da – da ist im letzten Moment – eben als ich mit Käthchen zum Bahnhof fahren wollte, seine höchstselige Hoheit dazwischen getreten. Ein Zank, eine Veruneinigung ist ausgebrochen zwischen mir und dem Nachbar, und ich –«

»Und du?«

»Ich bin vom Hause fortgerannt und nicht nach dem Bahnhof gefahren! – Man hatte mich in meinen tiefsten, heiligsten Gefühlen gekränkt – vielleicht nicht ganz mit Absicht – aber einerlei! Es war wieder wie ein Verhängnis – kurz, aus diesem Grunde hast du mich an der Sachsenhausener Warte getroffen, und während wir hier zusammen gehen, wird die Schwester längst mit meiner Tochter zu Hause sitzen, wenn sie nicht sogleich ein Billet für den nächsten Zug nach Bremen zurück genommen hat und in diesem Augenblick vielleicht schon wieder bei Friedberg fährt! – Oh – oh – oh!«

»Oh!« brummte der brave Fritz mit einem unbeschreiblichen Blick auf seinen Jugend- und Schulgenossen. Dann sagte er dasselbe, was die Tante Lina gesagt hatte:

»Und wenn man nach hundert Jahren nach Hause kommt, trifft man immer dieselbe Sorte Leute. Nebelung, Nebelung, wenn die Unbegreiflichkeit der Schöpfung je an einer Kreatur deutlich geworden ist, so bist du das Machwerk! Du bist doch eigentlich ein ganz absonderliches Gewächs, Nebelung. Wenn der Schöpfer über dich nicht selber dann und wann den Kopf schüttelt, so laß ich mich über meinen eigenen Gerbebaum ziehen und mit dem Schabeisen, ohne mich zu wehren, traktieren.«

Er brach ab, völlig überwältigt von dem eben vernommenen; der Rat aber in völliger Hilflosigkeit, faßte seine Hand:

»Fritz, weißt du was? Komm mit mir nach Hause!«

»Um dir als Schanzkorb bei dem nunmehrigen Zusammentreffen mit der armen Lina, mit deiner Schwester, zu dienen?!«

Daran war etwas; aber der Legationsrat sagte:

»Nein, sondern weil der Himmel uns gerade heute dieses Wiederfinden vermittelt hat. Ich erkenne hier eine höhere Fügung –«

»'ne schöne höhere Fügung! Mach' mir nichts weiß; – deine jämmerliche Angst und Verfahrenheit ist's, die mich jetzt mit sich zu schleppen trachtet. Der ganze Jammer der Eschenheimer Gasse sieht mich aus deinen Brillengläsern an. O vivat, vivat Alexius der Dreizehnte!«

»Ich versichere dich, Fritz –«

»Versichere mich nichts! Freilich – diesmal wenigstens würdest du nicht das Protokoll bei den eintretenden Verhandlungen führen. Heute, endlich wären Lina und ich an der Reihe.«

»Da kommst du doch wieder darauf!« winselte der Rat. »Konnte ich denn dafür? War es nicht meine Amtspflicht? Hing nicht meine ganze Karriere davon ab? Versetze dich doch nur in meine damalige Lage.«

»Na, na, du hast recht, es war gegen die Abrede; wir wollen den alten Stinktopf zugedeckt sein lassen; nimm es nicht übel, Alter.

Siehst du, ein guter Kerle bin ich, und Lohgerber bin ich auch. Es läuft schon ein tüchtiges Schauer an mir ab, ohne bis auf die Knochen zu dringen, und da meine ich manchmal, das müsse bei den anderen auch so sein. Also die Lina habt ihr heute aus der Fremde zurück erwartet? und habt sie nach eurer Art wieder einmal in den Verdruß hineingeritten? Alle Teufel, Alex, es sind jetzt mehr als sechsundzwanzig Jahre, seit ich sie zum letztenmal sah! Bi Gott, was willst du mit deiner Elendsvisage? Wenn einem von uns das Gemüte sich bewegen muß, so bin ich's! Und wenn ich heute Oberappellationsgerichtspräsident wäre, anstatt Lohgerbermeister zu Romanshorn am Bodensee, so könnte ich doch nicht strenger und unparteiischer zu Gerichte sitzen über alles, was mir passiert ist, seit jener Nacht, in der ihr uns auseinander brachtet. Ich gehe mit *dir*, Nebelung, und wünsche ihr einen guten Abend in der Heimat! – Und jetzt laß uns gehen und alles, was wir uns sonst noch zu sagen haben, auf morgen verschieben, das heißt – bis nach diesem Wiedersehen.«

»Ich danke dir, Fritz!« sagte der Legationsrat, und er sagte es mit einem Ton und Ausdruck, aus welchem man nicht heraushörte, daß er von einem Alexius dem Zwölften aus der Taufe gehoben worden war und, nachher, im Laufe der Jahre, sich aus sich und seiner Umgebung weiter entwickelnd, eine recht gute »Karriere« gemacht hatte.

Elftes Kapitel

Nachdem der Professor der Ästhetik, Herr Elard Nürrenberg, mit seiner Flasche und der guten aus dem übrigen Verlaufe des Tages sich so merkwürdig selbständig loslösenden Stunde in Oberrad zu Ende gekommen war, hatte er sich als ein »wenn auch sehr gelehrter und verliebter, so doch nicht unverständiger junger Mann« auf den Heimweg begeben. Dieses wissen wir bereits.

Wahrheit und Dichtung begleiteten ihn, der Weg lag wieder vor ihm, und er spazierte gen Sachsenhausen – weit langsamer, als er von dort hergelaufen war. Dieses wissen wir ebenfalls.

»O Käthchen, mein Käthchen,« flüsterte er, »wir haben uns nicht ineinander geirrt; wir gehören zueinander, wir bleiben beieinander. Niemand, niemand soll uns voneinander trennen! Weine nur nicht, mein Kindchen, wir haben uns doch für das höchste Lebensglück einander verpflichtet, und morgen ist Pfingsten, und die Sonne scheint, und alles ist gut.«

Hm, jener Jüngling mit den Feueraugen und den wallenden Locken schritt nicht bloß zwischen Darmstadt und Frankfurt hin und wider und erlebte und sah alle Wunder der Welt: er ging auch zwischen Offenbach und Frankfurt, und wiederum zitieren wir ihn.

»Ich ging die Landstraße nach Frankfurt zu, mich meinen Gedanken und Hoffnungen zu überlassen – Sachsenhausen lag vor mir, leichte Nebel deuteten den Weg des Flusses an: es war frisch, mir willkommen. Da verharrte ich, bis die Sonne nach und nach hinter mir aufgehend das Gegenüber erleuchtete. Es war die Gegend, wo ich die Geliebte wiedersehen sollte, und ich kehrte langsam in das Paradies zurück, das sie, die noch Schlafende, umgab.«

Der Professor wußte seinen Goethe so ziemlich auswendig; in ein Paradies kehrte er auch zurück, wenngleich die Geliebte – seine Lili – noch nicht darin zu Bett gegangen war, und er nicht die Absicht hatte, auf einem Stein am Wege sitzend, den Aufgang der Sonne und das Wiedererwachen des guten Kindes abzuwarten. Die unsterblichen Worte tanzten ihm doch gleich lieblich flammenden Meteoren voran auf dem Wege nach Sachsenhausen und zündeten ihm heimwärts.

Es ist ein angeborenes Recht des Menschen, sich nach jedem gegenwärtigen Ärger und Verdruß schnellstens in alle möglichen und unmöglichen Seligkeiten der Zukunft selber hineinzulügen. Wenn auch nicht immer, gelingt das doch recht häufig. Manchmal ist die wieder gewonnene gute Laune von Dauer, manchmal aber fährt sie auch vorüber wie ein Sonnenblick an einem Apriltage. In letzterem Falle redet die Welt in allen Zungen von Eulenpfingsten – St. Nimmerleinstage – verschiebt das Behagen am Erdenleben at latter Lammas, ad graecas Calendas, aux calendes grecques, auf die Pfingsten, wenn die Gans auf dem Eise geht; recht aber behält für alle Zeit die jüdische Weisheit: Freue dich, Jüngling, in deiner Jugend, ehe denn die bösen Tage kommen, von denen du sagen wirst, sie gefallen mir ganz und gar nicht.

Man muß es dem Professor der Ästhetik Elardus Nürrenberg lassen: er hatte bis jetzt, unbeschadet seines Hellenismus, das hebräische kluge Wort nicht verachtet. Er hatte seine Jugend nach besten Kräften benutzt und sich ihrer gefreut; und wie wir ihn kennen gelernt haben, ist Aussicht vorhanden, daß er aus dem kleinen Käthchen Nebelung eine vergnügliche vergnügte Frau macht. Wir freuen uns darüber und begleiten ihn in der Hoffnung um so lieber auf seinem Wege nach Hause.

Daß er auf diesem Oberrader Fußwege sich weiter noch tief-, un- oder einfach sinnigen Gedanken hingegeben habe, ist nicht darzutun. Er schlenderte, ein Studentenlied pfeifend, durch den warmen Abend und überrechnete dabei den Gesamtbetrag seiner Kollegiengelder. Darüber ein wenig zu seufzen, war ihm gerade nicht zu verdenken; allein da er es von vornherein gewußt hatte, daß das ästhetische Bedürfnis seiner Nation gering sei, so seufzte er nur über das Vergnügen, in einem leeren Auditorio zu lesen, und ärgerte sich nicht darüber.

»Hab' ich doch von jetzt an eine Zuhörerin, die einen ganzen Pandektensaal voll Musensöhne aufwiegt!« tröstete er sich. »Und nicht nur von Mund zu Ohr, sondern von Mund zu Mund werde ich zu ihr reden«, fügte er hinzu, in die dereinstigen Wonnen aller möglichen Frühlingsmorgen, Sommernachmittage und Winterabende versinkend und zerschmelzend, und das Wort war denn doch sinnig, und mit diesem Worte erreichte er das Rondel vor dem Affentore von Sachsenhausen.

»Elard – Herr Professor – lieber Nachbar!« rief ihn eine etwas krächzende Stimme an, und er fuhr zusammen, denn er erkannte diese Stimme.

Die Götter, welche lösen und binden, zertrennen und vereinigen, führten ihn im richtigen Moment an das Tor von Sachsenhausen zurück. Dicht vor sich erblickte er den Schwiegervater, den durchgegangenen Legationsrat Alexius von Nebelung – drüben von der Hanauer Landstraße – Arm in Arm mit einem breiten, kurzen, dicken, behaglichen, aber etwas plebejisch aussehenden Unbekannten. Und hätte er auch nur eine Ahnung davon gehabt, daß er gerade diesem fidelen Unbekannten den merkwürdigen freundlichen Anruf des Papas seiner Verlobten verdankte, so würde er ihm unter den obwaltenden Umständen auf der Stelle um den Hals gefallen sein, um ihn abzuküssen, wie er bald sein Käthchen abzuküssen verhoffte, – zärtlich – zärtlich nämlich und – vor den Augen ihres Vaters.

Der Tante Lina wegen hatte der Legationsrat von Nebelung zuletzt mit beiden Händen nach dem Jugendkameraden gegriffen; des Jugendkameraden halber griff er jetzt mit beiden Händen nach dem Sohne des verfeindeten Nachbars. Dieser Lohgerber hatte sich dem Diplomaten von der Isenburger Warte herunter von Schritt zu Schritt schwerer auf die Schultern und auf die Seele gelegt. Der gute Fritz hatte den Jugendfreund und Protokollführer in der Tat doch über den Gerbebaum gezogen und ihn mit dem Abfleischeisen bearbeitet, wie ein im Eschenheimer Palais in die Lehre und nachher auf die diplomatische Wanderschaft gegangener und dann vollkommen losgesprochener Meister. Das waren ebenfalls »obwaltende Umstände«, und unter denselben kam der Ästhetiker dem mürb' gemachten Rate wie der im Meer schwimmende Mast dem Schiffbrüchigen; er klammerte sich dran und stellte in zitternder Hast vor:

»Herr Hessenberg aus Romanshorn (»Lohgerbermeister Hessenberg!« fügte der alte Demagoge bei), ein teurer Jugendfreund und Freund meines Hauses! Herr Professor Nürrenberg aus Heidelberg! Nicht wahr, lieber Elard, wir haben wohl denselben Heimweg? Mein guter Friedrich, der Herr Professor, ist nämlich der Sohn des

Herrn Kommerzienrat Nürrenberg, meines Nachbars in der Hanauer Straße.«

»Wie dein Kätherle deine Tochter ist. Es freut mich, Sie kennen zu lernen, Herr Nürrenberg«, sprach Fritze, dem jungen Manne die Hand schüttelnd. »Kurios ist's eigentlich, daß in dieser krakehlerischen Welt die Wege doch immer wieder zusammenlaufen und sich immer wieder Leute finden, die des nämlichen Weges gehen. Mit Erlaubnis zu fragen, was dozieren Sie?«

»In diesem Semester lese ich publice über die Sturm- und Drangperiode in der deutschen Literatur; privatissime über die Bildwerke vom Tempel des Zeus Panhellenios auf der Insel Ägina und als Professor extraordinarius Kulturgeschichte der Araber in Spanien«, sagte der junge Gelehrte sanft und bescheiden.

»Allmächtiger!« rief Fritze Hessenberg. »Wissen Sie, ich habe allerhand Juristika bloß *gehört*, und selbst *das* konnte ich kaum aushalten. Wie muß ihnen erst zumute sein? – Na, aber bon! Geben Sie mir noch mal die Hand; es ist mir eine Ehre und ein Vergnügen, Sie kennen gelernt zu haben.«

Der Professor der Ästhetik sah sich hierauf den Mann, der da redete, genauer an, und die Dämmerung erlaubte es dem Meister Hessenberg noch, die Wirkung seiner Ansprache auf den Gelehrten in den Zügen desselben zu erkennen. Gutmütig drollig sagte er:

»Na, gucken Sie nur zu. Ich bin nicht allein der Lohgerbermeister Hessenberg aus Romanshorn, sondern auch sonst das Kind recht netter Eltern, und habe das meinige meinerzeit gleichfalls auf Universitäten profitiert. Der Nebelung da kann Ihnen das Nähere darüber sagen.«

»Mein verehrter Herr, ich glaube –«

»Mein verehrter Herr, glauben Sie nichts! Sehen Sie, über die Sturm- und Drangperiode könnte auch ich publice lesen; fragen Sie nur diesen Nebelung hier. Das Chaos und das Glück lassen immer wieder von neuem taufen. Sie wissen doch: des Chaos wunderlicher Sohn, – Goethe. Des Glückes abenteuerlicher Sohn, – Schiller! Und ich bin auch ein Sprößling aus solcher Ehe. Patenstelle vertrat das Untersuchungsgericht zu 0x0burg, und dieser Mensch hier, dieser Nebelung trug mich in das Kirchenbuch ein; nämlich er führte das

Protokoll. Drei Jahre hielten sie mich in den Windeln; dann brach ich ihnen heraus, ging durch die Lappen und über die Grenze. Ihr Herr Vater hat heute mit meinem Freunde Alex hier einen Disput über unseren seligen Landesvater Alexius gehabt, – wissen Sie, und schon deshalb allein haben wir die herzlichsten Bezüge auf- und zu- und miteinander; und jetzo fassen Sie den Legationsrat unter den andern Arm. Er hat es ein wenig nötig, daß wir ihm unter die Arme greifen, und die Hilfe der Jugend ist bei keiner Gelegenheit zu verachten. Seine Schwester ist zu Besuch gekommen, und wir bringen ihn nach Hause. Eine niedliche Tochter hat er auch, wie er sagt, Herr Professor.«

Der Herr Professor hatte schon lange auf den Legationsrat gesehen, und auch ihm hatte die Dämmerung noch erlaubt, die Züge des würdigen alten Herrn zu erkennen. Privatissime las er sich selber in angsthafter Spannung ein Kolleg über dieselben, und hätte ganz wohl Doktor, wenn auch nicht der Philosophie, durch eine Dissertation über sie werden können; wenn er eben nicht schon Doktor der Philosophie gewesen wäre.

Ja, Philosophie?! Die ließ ihn in diesem Moment vollständig im Stich der Physiognomie seines zukünftigen Schwiegervaters gegenüber. Medizin studiert zu haben und Vorsteher eines Asyls für Nervenleiden zu sein, war das einzige, was in diesem Augenblick helfen konnte.

Der Legationsrat von Nebelung sah am Ende gar nichts mehr. Dagegen spürte er hundert gespenstische Hände um sich herum. Er fühlte sie am Kragen, er fühlte, wie er von ihnen von den Füßen gehoben und sanft geschüttelt wurde. Das kam mit angesengten Körken, um ihm die Nasenspitze zu betupfen, und das tätschelte ihm die alten, ledernen Wangen, das sah er, zu einer Faust geballt, vor seinen Brillengläsern, und das kam freundlich mit einer Bürste, um ihm zierlich den Staub der Darmstädter Chaussee vom Rocke zu bürsten. Er hatte nie an Geister geglaubt, das Zeugnis konnten ihm seine Vorgesetzten, vom Anfang seiner Laufbahn an, geben; – er hatte aber auch nie an Gespenster geglaubt – dies Zeugnis stellen wir ihm aus – und jetzt, in dieser lieblichen Dämmerung des Maiabends, des Abends vor Pfingsten, spukte es um ihn und in ihm auf jegliche Weise.

»O teurer Herr,« sagte Elard schüchtern und befangen, »ich freue mich unendlich, Sie noch getroffen zu haben. Wir machten uns so große Sorge um Sie, und Käth- Fräulein Tochter, die ich sprach, – ja, die ich gesprochen habe, fuhr in heftiger Angst zum Main-Weser-Bahnhof.«

»Sie ist also zum Bahnhof gefahren?« ächzte der Legationsrat.

»Ich sah sie in den Wagen steigen, und dann trieb mich die eigene Erregung Ihnen nach, teuerster Herr Legationsrat. O, Sie wissen nicht –«

»Und meine Schwester ist angekommen?« fragte der Rat, immer wieder auf den einen Punkt bohrend.

»Du hörst ja, daß der Herr dir nachgelaufen ist, Alex«, brummte Fritz Hessenberg. »Nimm doch den Arm des Professors; je eher wir nach deiner Wohnung kommen, desto eher erfahren wir, in was für häusliche Zustände du dich wieder einmal hinein vergaloppiert hast.«

Der Legationsrat Alexius Nebelung nahm wirklich den Arm des Professors, und er hielt sich von jetzt sogar sehr fest daran. Vom Hause weglaufen, ist leicht genug; aber wieder heim kommen und Rechenschaft ablegen müssen, ist die Schwierigkeit!

Da die Geister der Vergangenheit ihn nunmehr zwischen den beiden wackeren handfesten Helfern sahen, warfen sie die letzte Rücksicht weg und hoben ihn vollständig von den Füßen. Er hing zwischen den zwei Herren. Ja, so war es; – zu Hause saß die Schwester Lina, und hier in der Elisabethgasse zu Sachsenhausen hing er, Alexius Nebelung, zwischen dem Sohne des von ihm am Nachmittag allen Furien überantworteten Nachbars Nürrenberg und dem biedern Lohgerbermeister und Erzdemagogen Friedrich Hessenberg aus Romanshorn, über dessen Staatsverbrechen und Hochverrat er vor dreißig Jahren kühl und gelassen das Protokoll geführt hatte, ohne sich um die Gefühle der Schwester Lina im geringsten zu kümmern.

»Fassen Sie ihn fester, Professor«, sagte der brave Fritz. »Es hat seine guten Gründe, daß ihm schwül und schwankend zumute ist. Wär’ ich kein Gerber, so hätte ich ihn Ihnen schon allein auf die

Schulter gelegt, hätt' Kehrtum gemacht und Reißaus genommen – einerlei wohin!«

Jetzt tanzte das Deutsch-Ordenshaus vor ihren Augen und stellte sich auf den Kopf; aber noch schlimmer war es mit ihnen auf der Mainbrücke. Alle drei zogen in ein vollständig verzaubertes Frankfurt hinüber und hatten sich dazu durch ein Gewimmel maientragenden Volkes durchzuwinden. Dicht zu den Füßen des Kaisers Karl stieß eine grüne lustige Birkenrute dem Legationsrat den Hut vom Kopfe, und der Kerl, der den Busch trug, ließ es sich außerdem nicht zuviel sein, ihm zu seinem, ihm von seinem hochseligen Landesherrn verliehenen Titel noch einen anderen beizulegen. Aber der Kaiser Karl der Große rächte weder mit seinem Schwerte den Frevel, noch warf er dem Frevler den Reichsapfel an den Kopf. Im Gegenteil, er schien ein Vergnügen an der Untat zu haben; er grinste durch die hereinbrechende Dunkelheit, und der Messinghahn nebenan hob sich wahrhaftig auf den Füßen, schlug mit den Flügeln und krähte dem Trio nach, obgleich er diesmal doch keinen Juden vorübergehen sah.

Der Professor Elard setzte dem Schwiegervater seiner Hoffnung den Hut wieder auf. Der brave Fritz brummte und grummelte immer wunderlicher in sich hinein, blöde und voll Unruhe zog er hin und fühlte sich nicht mehr imstande, dem Jugendgenossen die Vorfälle jener Zeit, da sie beide, und die Tante Lina dazu, noch jung waren, vorzurücken. Wahrlich, er würde jetzt viel darum gegeben haben, wenn er nicht mit dem Legationsrat an der Isenburger Warte zusammengetroffen wäre und ihn an die alte Bekanntschaft erinnert hätte. Er war Lohgerber, und das Schicksal hatte ihm freilich selber im Laufe der Zeit das Fell weidlich gegerbt; aber unter der harten, zähen Haut lag doch noch das weiche, zärtliche Fleisch, und – die Lina Nebelung saß in der Hanauer Landstraße, und er – er sollte nach einem Menschenalter wieder vor sie treten und ihr die Hand bieten, und zwar als Witwer und Vater von drei erwachsenen Kindern.

Zwölftes Kapitel

Der Patrizius von Rottweil, Tabaksfabrikant von Höchst und großherzoglich hessische Kommerzienrat Florens Nürrenberg und die Tante Lina hatten in einer Weise Freundschaft geschlossen, die etwas Überraschendes hatte. Der Nachbar war gekommen, gesehen worden und hatte gesiegt. Die Tante mit seinem Strauß in der Hand war aus dem höchsten zeremoniellen Anstande einer schier dreißigjährigen Gouvernanten- und Gesellschaftsdamenexistenz fünf Minuten nach dem Eintritt des Kommerzienrats in den allergemütlichsten Plauderton bester Bekanntschaft gefallen, und jetzt saßen sie seit Stunden behaglich beim Tee, und Käthchen Nebelung saß ihnen gegenüber und ängstete sich nicht mehr über die heikle Frage, wie wohl die Tante Lina ausfallen möge?

Fünf Minuten nach seinem Eintritt in den Salon hatte die Tante den behaglichen, lächelnden ältlichen Herrn mit der Devise: Gott, Ehre, Vaterland und der Rosenknospe im Knopfloch auf der Brust für einen Mann nach ihrem weltbürgerlichen Herzen in der Stille ihres Busens erklärt, und augenblicklich sagte sie es ihm laut.

»Sie sind der Mann, den ich in Deutschland zu finden hoffte«, sagte sie lachend. »Nach Jahren hab' ich Heimweh gehabt! Ohne Schmeichelei, – ich versichere Sie, von Ihnen hab' ich häufig geträumt in Amerika. Lachen Sie nur nicht, Herr Nachbar; parole d'honneur, Sie gefallen mir ausnehmend wohl.«

Der Extabaksfabrikant lachte nicht; der ließ die Welt nichts von seinem Behagen sehen; dieses luftdicht verschlossene Gefäß komprimiertesten Lebensvergnügens erwiderte nur:

»Ja, ja, Tante Lina, wir beide sind eben zwei solcher Oasen in der Wüste. Rund um uns her heult der Schakal, winselt die Hyäne, yhant der wilde Esel und rollt der Skarabäus seine heilige Kugel mit seiner Nachkommenschaft durch den Sand (Notabene, das alles weiß ich von meinem Sohn, den ich also hiemit exemplarisch und poetisch verwerte und empfehle, Fräulein Käthchen), aber in uns wachsen und blühen die Palmbäume und springt der Quell. Notabene, Käthchen, der Schlingel hat mich auf seinen Reisen nach Italien, Griechenland und Ägypten Geld genug gekostet – ich sage Ihnen, ein Heidengeld, Käthchen –«

»O, Herr Kommerzienrat!« hauchte Fräulein Käthchen Nebelung.

»Jawohl, Kind: Herr Kommerzienrat! Wenn der Bub' einmal Wirklicher Geheimer Rat wird, so hat er das nur meinem Titel und der soliden Grundlage, aus welcher derselbige hervorblühte, zu verdanken. Nun, wir waren ja wohl in der Wüste stehen geblieben? Also, Tante, die Palmen wachsen in uns, und die Quellen rauschen in uns, da kommen die Kamele, aus uns zu trinken, und die Affen klettern in unsern Zweigen herum, und die Beduinen –«

»Verwickeln Sie sich nicht in Ihren Gleichnissen, Nachbar!« rief die Tante. »Wir sind nur die Oasen, und die Palmen mit ihren Zweigen wachsen nur in uns. Was die Affen anbetrifft, so müssen die doch in den Zweigen der Palmen klettern.«

»So ist es! Mein Sohn hält sich ebenfalls darüber auf und verbessert mir stets das, was er meine Parabeln und Allegorien nennt, aber das ist mir ganz einerlei. Annähernd begreift mich meine Umgebung dann und wann; und ich selber verstehe mich immer recht gut, und das ist die Hauptsache. Aber bleiben wir in der Wüste, das heißt bleiben wir bei den Oasen, bleiben *wir Oasen*! Ich versichere Sie, Tante, so rund umgeben von Sand und Samums wie vor einer Stunde hab' ich mich selten in meinem Leben gefühlt. Der Legationsrat hatte mich wie ein Tiger, wie der reine Wüstenkönig angeheult; mein eigen Fleisch und Blut, mein Elard, hat mir den Rücken zugewendet und hatte sich im Sturmschritt hierher verfügt. Vivat Alexius der Dreizehnte. *Vivat* mein bester Freund und Nachbar Alexius Nebelung! Stellen Sie es sich nur genau vor, wie alles in diesem Moment sein würde, wenn die ganze Geschichte der Regel nach verlaufen wäre. Wenn der Rat Sie mit Rührung vom Bahnhofe abgeholt hätte und ich sedate und gut bürgerlich-nachbarlich erschienen wäre, um zu gratulieren. Malen Sie sich das Gegähne, das jetzo von Mund zu Mund gehen würde! Na, ich habe mich manch liebes Mal in meinem Dasein mit allerlei Leuten überworfen, aber so zu gelegener Zeit wie heute noch nie!«

»Fahren Sie ja fort, Herr Nachbar!« rief die Tante, mit fröhlicher Miene sich über den Tisch ihm zuneigend. »Ich komme von Neuyork und Bremen und wiederhole es: Nur Ihnen hat meine Sehnsucht gegolten! Ich habe an meinen Bruder mit schwesterlichem Verlangen gedacht, aber das Ideal eines deutschen gemütlichen Nachbars, der nicht zu weit abwohnt, stand mir doch stets dicht daneben vor der Seele. Go on – sprechen Sie munter weiter, Sir.«

»Mit Vergnügen, mein verehrtes Fräulein«, rief der alte Rottweiler. »O lassen Sie uns nur erst zu einem treuvertraulichen Whist oder L'hombre kommen; lassen Sie nur erst den Schnee drei Fuß hoch in der Hanauer Landstraße liegen und die Eiszapfen drei Ellen lang am Dache hängen, da werden Sie aufgucken, da werden Sie Ihren Mann an mir finden.«

Das kleine Käthchen Nebelung hatte allmählich ganz ängstlich von der Tante auf den Nachbar und von dem Nachbar auf die Tante gesehen; nun aber sollte aus der verlegenen Verwunderung der jäheste Schrecken wie der Kobold aus der Vexierdose hervorspringen.

Ganz wie beiläufig, ganz harmlos über die Schulter richtete der Nachbar das Wort an sie und fragte – – ja, was fragte er?

»Und nun, ehe der Rat heim und uns dazwischen kommt, und ehe ich es vergesse, Käthchen; – wie weit seid ihr denn zusammen? Willst du meinen Ästhetikus, meinen Buben, meinen Professor? Oder hast du ihm heute nachmittag kurzab einen Korb gegeben?«

Das war die Frage! Und es war in der Tat eine Frage, die sich hören lassen konnte.

Fräulein Katharina Nebelung fuhr zusammen wie ihr Vater, wenn der österreichische Gesandte in der Eschenheimer Gasse das Wort ergriff. Purpurfarben, jungfräulich-wehrlos rückte sie ihren Stuhl so dicht als möglich an den der Tante heran, und die Tante tat auch einen Ruck und setzte sich gerader, als sie sonst zu sitzen pflegte, und murmelte:

»Aber Herr Kommerzienrat?!«

Aber der Herr Kommerzienrat Florens Nürrenberg kicherte vergnüglicher denn je und rief, indem er die Hand auf den Busen und das offizielle Zeichen seines Verdienstes um Hessen-Darmstadt legte:

»Tante Lina, wenn Sie die letzten Frühlinge und Sommer durch da drüben in der Jasminlaube die Oberpostamtszeitung gelesen und von Zeit zu Zeit darüber weggesehen hätten, so würden Sie mich sicher nicht ganz so undelikat finden, wie ich aus Ihrem Ausruf a conto trage. Weißt du, Käthchen, mein Herz, wenn du heute nachmittag deinen Sinn, etwa Seiner hochseligen Hoheit dem Fürsten Alexius dem Dreizehnten zuliebe, nicht geändert hast; für meinen Elard will ich einstehen. Er will dich von ganzer Seele und von ganzem Herzen, und er gäbe nicht nur die vordem freie Stadt Rottweil, sondern auch die freie Stadt Frankfurt am Main und das sonstige Universum als Beilage für dich. Sprich dich also ruhig aus, klein Käthchen; – wir sind ganz unter uns, und der Papa ist nicht zu Hause.«

»O Gott, der Papa!« hauchte Käthchen Nebelung, das Gesicht an der Brust der amerikanischen Tante verbergend; und schwermütiger, ernster als in diesem Moment hatte die Tante, seit wir die Ehre haben, sie zu kennen, noch nicht ausgesehen. Sie legte sanft die Hand auf den Kopf des armen kleinen Mädchens und strich leise tröstend und besänftigend über die dunklen Haare. Sie dachte wohl an jene ferne Zeit, wo sie mit dem guten Fritz Hessenberg in Abwesenheit von Papa, Mama, Bruder und sonstiger näherer und fernerer Verwandtschaft vollkommen einig war.

»Fasse dich, Herzchen; wir scheinen wirklich ganz unter uns zu sein, und wenn sich das so verhält, wie der Herr Nachbar in solch einer eigentümlichen Weise andeutet –«

»O Tante, Tante, liebe Tante!«

»Es verhält sich wirklich so, Tante Lina!« rief der Kommerzienrat. »Wenn es Ihnen recht ist, lasse ich auch meine Madam Drißler als Zeugin herbeiholen. Und dann ist da der Elard selber –«

»Hört einmal, Kinder,« sprach die Tante Lina Nebelung, »ich bin in die weite Welt gegangen aus Neid über die Kaiser, Könige und Fürsten, die sich aus ihren Mitteln ihre Hoftheater halten können. Nun bin ich wieder im Lande und habe mir richtig mein eigen Theater mitgebracht und lasse Europa und Amerika darauf agieren. Nur zu, Kinder! Ehe ich mir meine eigene Komödie halten konnte, hab' ich auch vor den Leuten getanzt. Käthchen, ich weiß Bescheid!«

»Und ich wußte das«, schmunzelte der Nachbar Nürrenberg, sich die Hände reibend. »Das Kind will, Tante Lina; also kurz und gut, wir machen jetzt die Sache richtig. Im Herbst ist Hochzeit; und ich bitte um den ersten Walzer, Tante Lina.«

»Wissen Sie, was ich denke, Nachbar?«

»Zwar weiß ich viel, doch wer kann alles wissen? Ich ersuche um freundliche Mitteilung.«

»Nun, so will ich Ihnen sagen: Sie sind ein arglistiger, ein heimtückischer, ein rachsüchtiger Mensch! Ja, leugnen Sie es nur; – rächen wollen *Sie* sich an meinem Bruder! Er hat Ihnen den Nachmittag verdorben, und Sie wollen nun Ihr möglichstes tun, um ihm den Abend für ewige Zeiten ins Gedächtnis zu prägen! Ist es nicht so?«

Der alte Patrizier rieb sich immer schmunzelnder die Hände, zuckte aber nur die Achseln.

»Ja, es ist so!« fuhr die Tante fort. »Da schicken Sie erst Ihre Blumensträuße, und dann kommen Sie selber im Frack, aber mit dem Stiletto in der Tasche. Und dann schleppen Sie, um allem die Krone aufzusetzen, sogar Ihren unschuldigen Herrn Sohn herbei; – o, Sie wissen Ihre Mittel zu verwenden, Herr Rat, und schonen Ihr eigen Fleisch und Blut nicht, wenn es gilt, Ihre Rachgier zu befriedigen. Hätte das Kind mir nicht bereits gestanden, daß sie sich nach Ihrem Zank mit meinem Bruder, und wohl gar infolge derselben für Zeit und Ewigkeit mit dem Professor Elard versprochen habe, so – so – well, das Weitere mag folgen, wenn mein Bruder nach Hause gekommen sein wird.«

»Hurra! Hurra! Es leben alle Leute, die einander auf der Stelle verstehen!« rief der Kommerzienrat, das Gesicht pfingstrosenhaft entfaltend. »Es lebe das Haus Nebelung und Nürrenberg! Es lebe Alexius der Dreizehnte, der selbst noch von seiner Ahnengruft aus hier in seiner fürstlichen Machtvollkommenheit so segensreich eingegriffen hat. Ohne den alten Burschen wäret ihr wahrscheinlich auch heute noch nicht euch völlig klar geworden, Käthchen?! Und Käthchen, mein Kind, jetzt bekommt der brave, der liebe Schwiegerpapa doch wohl auch den ersten Kuß von seinem Töchterchen?«

Das hatte durchaus nicht den Anschein.

Von allen ihren Gefühlen bewältigt, brach Käthchen Nebelung in ein lautes Weinen aus und warf sich von neuem an den Busen der Tante.

»O Gott, Gott, dir hab' ich es schon gesagt – gestanden; – ja, Elard war so gut und so freundlich, und ich war so erschreckt, und alles kam so überraschend und da – da – haben wir uns wirklich miteinander verlobt, – es war wie ein Traum, ihr könnt es mir glauben, und ich weiß auch noch nicht, ob ich das Glück nicht bloß geträumt habe! – Ach, aber dann war ich so böse! Und daran waren beide Väter schuld, und mich haben sie für mein ganzes Leben elend gemacht. Der arme Elard sprach mir so gut und traurig zu; ich aber wurde immer böser – und da – während ich die Tante abholen mußte, ist er nun hinausgelaufen, und ich habe ihn nicht wieder gesehen und weiß nicht, ob er noch was von mir wissen will – ich war so unartig! – O Gott, ich wollte ja gern' aber was fragt ihr mich um meine Meinung? *Mein* Glück ist für alle Zeiten verscherzt. Fragt ihn doch – fragt Elard, – o ich wollte, ich wäre tot, ich wäre mit meiner Mutter gestorben!«

»Das alles hast du mir freilich schon mitgeteilt, Käthchen, und ich habe es für ganz dummes Zeug erklärt«, sprach die amerikanische Tante jetzt in eben dem Grade gütig wie vorhin ernst und melancholisch. »Auch meiner Erwiderung wirst du dich erinnern. Wenn der junge Mann respektabel und wohlmeinend ist, und du ihn wirklich lieb hast, so will ich das Meinige dazu tun, und du sollst ihn haben, habe ich gesagt, und dasselbe wiederhole ich dir jetzt. Sitze still, denke an deine Aussteuer und laß mich noch ein Wort mit deinem guten Schwiegerpapa da reden. Den Kuß kannst du ihm nachher geben.«

Der Kommerzienrat hatte sich bei den letzten Worten soweit als möglich der Tante über den Tisch zugeneigt. Die Lampe schien ihm hell ins Gesicht, und er lachte mit dem ganzen Gesichte.

Auch die Tante Lina lachte jetzt herzlich und hell und rief:

»Eine ganz himmlische Geschichte ist es, Nachbar. An Bord der Germania, auf der Fahrt über den Atlantischen Ozean hatte ich fast vier Wochen Zeit, mir das Wiedersehen mit meinem Bruder Alex auf die verschiedenste Art und Weise auszumalen. In allen Nuancen zwischen Ernst und Heiterkeit hat mir diese Stunde vorgeschwebt; aber so, wie sie jetzt vorhanden ist, doch nicht. Und, Nachbar, Ihre Schlechtigkeit beiseite gelassen, wenn ich unter allen Arten des Wiederfindens die Wahl gehabt hätte, so würde ich diese durch Sie arrangierte gewählt haben! O, wird der Monsieur Alex ein Gesicht machen! Wahrhaftig, ich habe dann und wann daran gezweifelt, aber nun habe ich den Glauben, und niemand nimmt mir ihn wieder; es gibt gerechte Götter über uns – es gibt eine Vergeltung – es gibt ein Etwas, das selbst nach einem Menschenalter das Hausbuch auf den Tisch legt und mit den Fingern auf jedes Defizit zwischen Soll und Haben deutet. Dieser Abend macht vieles wieder gut, was mir vor dreißig Jahren zuleid getan wurde –«

Sie hätte wohl noch länger gesprochen, wenn es dem Käthchen möglich gewesen wäre, an ihre Aussteuer zu denken und ruhig den Stoff und Schnitt ihres Hochzeitskleides in Erwägung zu ziehen. Es war ihr aber doch nicht möglich, denn sie war nicht zwanzig Jahre lang Erzieherin in den Vereinigten Staaten von Nordamerika gewesen, und ihr spielte noch nicht die ganze Welt Komödie, sondern sie selber spielte noch sehr befangen in der Komödie der ganzen Welt mit, und sie hatte Talent zur Liebhaberin.

Es brach los. Sie mußte sprechen, und alles mußte heraus! Gleich einem Bach, der vom Berg herunter kommt, wenn ein Gewitter gewesen ist, war das. Das Gewitter war aber gewesen da oben im Gebirge, und der Strom sprang in die Sonne nach dem Sturm hinein. Das plätscherte und rauschte und rieselte, und alles, was drum her wuchs an Busch und Baum, hatte seine Blüten, Käfer und Raupen, sein trockenes Gezweig und seine grünen, vom großen Wind abgestreiften Blätter hineingeschüttelt. Und diesmal, im höchsten Affekt, war alles, was Käthchen Nebelung sagte, echt gewachsen und nicht künstlich angefertigt. Der Papa und Legationsrat außer Dienst glitt wie ein alter, etwas eigensinniger, aber sonst höchst wohltätiger und nur von der Welt verkannter Zauberer auf dem Strom der Rede daher. Die selige Mama stieg aus dem Bilde über dem Diwan und schwamm mit. Wie aber der Professor der Ästhetik Elardus Nürrenberg von den Wellen geschaukelt wurde, hätte schwachmütigere Charaktere als – die Tante Lina und den Kommerzienrat Florens Nürrenberg sicherlich seekrank gemacht.

Und zuletzt, tränenüberströmt – lachend und weinend, jauchzend und in heilloser Angst vor dem Papa warf die erregte Rednerin ihre Tasse und den Teetopf um, und sich schluchzend an den Hals des Extabaksfabrikanten und Vaters ihres einzig Geliebten – ihres Elards – ihres einzigen Elards, der eben gerade ihren eigenen Vater hinter der Judenmauer her in die Allerheiligengasse schleifte und ihn, rechts um die Ecke, dem Allerheiligentor zuschleppte, und zwar in zugreifendster Weise dabei unterstützt vom göttlichen Gerber Friedrikos, wie Homeros sagen würde, – vom braven Fritze Hessenberg, wie wir sagen.

Den Griffel eines Homers aber hätten wir jetzt nötig, um das Gebaren des Rottweiler Patriziers unter dem ersten Kuß seines Quasi-Schwiegertöchterchens zu schildern. Wir haben ihn nicht, und deshalb teilen wir einfach mit, daß er es ebenfalls zu zwei dicken Tränen brachte, die ihm rund und voll über die runden Biedermannswangen rollten und sich in seiner Weste verloren. Alles andere, wodurch der Mensch seine Empfindungen und Gefühle kundgibt, war heute abend an ihm dagewesen; dies war das äußerste, das letzte und war noch nicht dagewesen.

Nec plus ultra, durfte er dreist von nun an bis zur Heimkehr seines Freundes Nebelung zum Motto nehmen. Er tat's, trocknete sich die Augen und seufzte im jovialsten Trauertone:

»Der Hansnarr verdient dich gar nicht, Kätherle. Kenne ihn nur erst so genau, wie ich ihn kenne, und du wirst dich dieses meines Wortes erinnern und sagen: Der Alte hat es mir damals schon gesagt, Elard; o lieber Himmel, hätte ich ihm doch geglaubt! – Ach, Fräulein Karoline, was ein guter Ehemann ist –«

»Krümmt sich beizeiten«, fiel die Tante ein, doch der Nachbar sprach:

»Nein, dieses nicht, sondern ich wollte nur bemerken, daß ich wissen müsse, was ein guter Ehemann sei; denn, Nachbarin, ich war meinerzeit ein wahrhaft guter Ehemann! Wenn's drei Meilen jenseits des Horizontes donnerte, stand ich vom vergnügtesten Tische auf und ging aus der fidelsten Gesellschaft nach Hause, weil sich meine Selige vor dem Gewitter fürchtete. Ach, Kätherle, ich glaube, mein Professor wird sich nur fester hinpflanzen und ruhig dich daheim in deiner Angst sitzen lassen.«

»Ich fürchte mich aber auch nicht vor dem Donner, lieber –«

»Papa!« schloß der Patrizius und fuhr fort: »O, *mich* hätten Sie in meiner Blüte kennen sollen, Tante Lina. Damals war ich des Kennenlernens wert! Damals lohnte es sich noch, von Amerika herüberzufahren, um meine Bekanntschaft zu machen. Mein Bub' hat viel zu viele Augenblicke, in denen er das Erdenleben vollständig begriffen zu haben glaubt, und das sind die Momente, auf welche ich dich hinweise, Käthchen. Wenn du erst einige Male mit ihm in der Stimmung zusammengesessen hast, dann teile mir deine Ansicht darüber mit. Ich sage dir ganz offen, hätte ich nicht einen solchen freudigen Sinn für jegliches Individuum als solches, so hätte ich mich schon sehr häufig bis zum Aus-dem-Hause-werfen an meinem – deinem himmlischen Elard geärgert.«

»Individuum als solches?« murmelte die Tante. »Nachbar, über das Wort wären Sie ohne Monsieur Elard auch nicht im Tanze gestolpert. Ei, aber Sie haben Ihrem jungen Herrn doch wohl dann und wann über die Schulter ins Buch gesehen; – ich glaube fast, Sie hätten ebensogut als ich Philosophie des Lebens den jungen Ladies im Vassor College vortragen können.« – –

Daß dieses alte Frankfurt am Main verzaubert war, stand fest; d. h. nichts schien darin mehr fest an seinem Orte zu stehen, nämlich den drei aus der freien Natur in den geheiligten Bezirk der getürmten Stadt sich einschleichenden tapferen deutschen Männern, von denen aber ein jeglicher seinen eigenen Wurm im Herzen trug.

Die sieben Schwaben, als sie sich dem Ungeheuer am See näherten, bedeuteten zusammen nicht mehr innerliches Unbehagen als diese drei Helden, und deshalb machte bereits über dem Flusse ein jeder die Bemerkung, daß er es heute abend ausnehmend schwül in Frankfurt finde.

Daß die Fahrgasse während ihrer Abwesenheit enger geworden war, unterlag weder dem Professor noch dem Legationsrat einem Zweifel. Die Häuser waren aufeinander eingerückt, und was das Schlimmste war, sie rückten noch immer aufeinander ein. Um der beängstigenden Fata Morgana zu entwischen, bog der Professor in die Predigergasse, und die beiden anderen folgten.

Sie marschierten jetzt nicht mehr en front; sie schleppten sich einer hinter dem andern, wie ein Indianerzug, dem das Feuerwasser ausgegangen ist. Einer suchte den anderen voranzuschieben und tat's wahrlich nicht aus Höflichkeit.

Der Professor suchte einmal oder zweimal seine Begleitung auf die malerische Beleuchtung der Umgebung aufmerksam zu machen, dann unterließ er es. Der Legationsrat sagte nichts; aber er atmete desto schwerer. Hinter der Judenmauer sagte Fritze Hessenberg:

»Weißt du, Nebelung, es wird mir immer kurioser. Was soll ich ihr eigentlich sagen, wenn ich vor sie trete? – Ich hab's mir nun ganz genau überlegt: ich bringe dich und den Professor bis zu deiner Tür, und dann kehre ich um und gehe nach Sachsenhausen in mein Wirtshaus zurück. Du sagst ihr im richtigen Augenblick, wen du heute an der Isenburger Warte getroffen hast, und merkst dir, wie sie die Benachrichtigung aufnimmt. Dann komme ich morgen früh gewiß. Alex, ein Wiedersehen wie dieses schickt sich besser für den hellen Mittag, wo man sich sofort mit allen Falten, Runzeln, grau und gelb zu Gesichte kriegt, als für solch eine dunkle Abendstunde und die Familienlampe. Ich kehre um, Alex, ich hab's mir überlegt.«

»Du kehrst nicht um, Fritz! Du gehst mit mir!« stöhnte der Legationsrat von Nebelung und faßte blitzschnell wiederum jeden seiner Begleiter unterm Arm, um ja keinen von ihnen zu verlieren. Wir haben es oben schon gesagt, daß er sich von ihnen durch die Allerheiligengasse schleppen ließ, gerade um die Zeit, als sein einziges Kind, Wonnetränen weinend, am Halse seines größten heutigen Widersachers hing.

»Was soll ich ihr denn sagen?« rief der Rat weinerlich. »Ist mir nicht etwas kurios geworden? Muß ich ihr etwa nicht ebenfalls bei der Familienlampe vor die Augen treten? Und du, der du unsere Lina so genau kennst – gekannt hast, solltest doch einsehen, daß ich um kein Haar breit besser dran bin als du. Nein, du kommst mir nicht fort; ich lasse dich unter keiner Bedingung frei. Soll ich etwa mit dir umkehren? Willst du mich mit nach Sachsenhausen in dein Hotel nehmen?«

Sie durchwankten das Allerheiligentor, und jetzt standen sie vor dem Hause!

»Da sind wir denn«, sagte der Rat und machte wirklich den Versuch zu lächeln. »Sie treten doch mit uns ein, lieber Professor?«

Der liebe Professor hatte den Vater seiner Verlobten vor sich! Und dieser Vater wußte nichts davon; er, der Verlobte, wurde auf das dringendste von seinem Quasi-Schwiegervater eingeladen, noch auf einen Augenblick mit hinauf zu seiner Tochter zu kommen, und – – er zauderte doch!

Die Gaslaternen brannten bereits in der Hanauer Landstraße, aber Herrn Elard Nürrenberg war es noch nie in seinem Leben so schwarz vor den Augen gewesen wie in dieser Minute.

Durch die Finsternis vernahm er die Stimme des Romanshorner Lohgerbermeisters, der ihm mit einem tief heraufgeholten Ächzen auf dem Rücken klopfte und sagte:

»Na, Professorchen, Sie sind jedenfalls der Unbefangenste; also marschieren Sie voran. Die Treppe kennen Sie auch; – ich führe den Rat, und im Notfall greife ich nach Ihrem Rockschoß. Bitte, nehmen Sie auf unser Alter keine Rücksicht; Sie haben bedingungslos den Vortritt.«

Woher die Unbefangenheit kommen sollte, durfte Herr Elard sich fragen, aber leider nicht den Lohgerber und den Schwiegervater der Zukunft.

Plötzlich – mit einem Ruck – malte er sich von neuem die Geliebte, wie er sie sich von jeher gedacht hatte, rief, wie jeder andere Ritter in der höchsten Gefahr, ihren lieben Namen, d. h. er murmelte:

»Käthchen! Mein Käthchen!« und stürzte in das Haus, ohne darauf zu achten, ob die beiden anderen ihm auch folgen würden. Da er in der Tat die Treppe kannte, und da er einmal im Stürzen war, so gelangte er nach oben – der Schillersche Taucher im Wirbel der Charybde war ein Nachmittagsschläfer auf seinem Sofa gegen ihn, und um so natürlicher war's, daß die holde Prinzessin droben sich schon lange in bängster Erwartung über den Rand der Klippe gebeugt und auf sein Wiederauftauchen mit Sehnsucht geharrt hatte.

Jetzt riß er die Tür des Salons auf und stand einen kürzesten Augenblick geblendet von dem Glanz des gemütlichen Teetisches. Er sah seinen Vater und sah ihn nicht; er sah eine ältliche Dame in grauer Seide durch das Geflimmer, aber sie hatte keine Bedeutung. Er sah sein Käthchen und er hörte ihren leisen Schrei, – sie allein erblickte er wirklich, und er stürzte sich gegen sie , faßte ihre Hände, riß sie ganz an sich und rief – stammelte:

»O Kind, Herz, mein Leben, mein süßes Leben, willst du mir vergeben? kannst du mir vergeben? Mein Mädchen, wie dumm und schrecklich hätten wir uns beinahe diese Pfingsten verdorben! Aber ich habe dich und halte dich wieder, und von jetzt an wird unser Dasein ein ewiges Maienfest sein, nicht wahr?! Dein guter, trefflicher Vater kommt sogleich nach; – ach, Käthchen, liebes Käthchen!«

»O Elard«, schluchzte das Kind, »ich allein war ja sehr unartig, und wie ich mich selber die letzten Stunden durch ausgescholten habe, das weiß keiner. Bist du denn wirklich wieder gut? Bist du wiedergekommen? Sieh, ganz so böse, wie du dir dachtest, als ich dich von der Droschke aus wegrennen sah, hab' ich es doch nicht gemeint.«

Die Tante und der Kommerzienrat sahen und hörten dem zu; aber nicht lange.

»Lina?« – rief der Legationsrat Alexius von Nebelung.

»Alex!« rief die Tante, und auch die beiden hatten einander wieder, und zwar nach zwanzigjähriger Trennung. Sie umarmten sich gleichfalls und küßten einander, und dann schoben sie sich beide zu gleicher Zeit einander zurück, um sich anzusehen, und für dieses Wiederfinden gab die Familienlampe das einzig rechte Licht.

»Du hast dich wenig verändert, lieber Bruder«, sagte die alte Schwester, ihre Tränen verschluckend und laufen lassend.

»Ist er wirklich schon in seiner Jugend so gewesen?« fragte der Nachbar Nürrenberg gleichfalls mit gebrochener Stimme.« Nun, Nachbar, dann will ich weiter nichts sagen; aber ich meine, aus alter Anhänglichkeit und wegen fernneren guten Verkehrs erklären Sie sich für befriedigt und ausgesöhnt, wenn ich hiermit Seiner hochseligen Durchlaucht, dem Herzog Alexius dem Dreizehnten, in seiner Fürstengruft feierlichst Abbitte leiste. Er führt seinen Namen mit

Recht und ist ein Heilbringer, und unser erster Enkel soll auch Alexius heißen.«

»Der Teufel hole den Fürsten Alexius den Dreizehnten!« rief der dritte Ankömmling, aus dem Schatten in das Licht tretend. Die Tante Karoline Nebelung schrak zusammen, sah hin, setzte sich, fuhr von neuem in die Höhe und setzte sich zum zweitenmal. Der gute Fritz setzte sich ebenfalls; seine Knie zitterten, seine Füße trugen ihn nicht länger, der Hut entfiel seinen Händen. Er holte ein grobes baumwollenes, blau- und weißgestreiftes Sacktuch hervor und trocknete sich den heißen und den kalten Schweiß von der Stirn und stotterte, tiefer geschüttelt als einer der übrigen, die Tante Lina ausgenommen:

»Ja, Linchen, ich bin Fritze Hessenberg, und wenn wem ein richtiges Eulenpfingsten zubereitet wurde im Leben, so sind wir zwei das gewesen. Und wenn zwei mit wohlmeinenden Herzen und guter Gesinnung in diese zänkische, nichtsnutzige, katzbalgerische Welt hineinmußten, so sind wir das auch gewesen. Geben Sie mir Ihre liebe Hand, Lina. Jetzt bin ich ein alter Kerl, und du – – ja, sieh, ich bin es wirklich und ich bin auch mitgekommen, um dich mit den anderen bei uns zu begrüßen.«

»O Friedrich!«

Der großherzoglich hessische Kommerzienrat sah dumm aus, der Legationsrat von Nebelung stupide. Elard und Käthchen sahen und hörten nichts; ein rosig durchleuchtet Gewölk trug sie, und Arm in Arm schwebten sie ins Paradies hinein. Sie ließen sich nicht stören durch das, was um sie her vorging, und es machte auch niemand Miene, die goldrote Wolke unter ihren Füßen wegzublasen und sie in die Wirklichkeit und auf den festen Boden zurückzurufen.